САГА О КУНЬЛУНЬШАНЬЦАХ

Роман

Сема Шубекабу

Лос-Анджелес

Издательство «Уорд Фармерс Пресс»

2026

WORD FARMERS PRESS

Персонажи и события, изображённые в этой книге, являются вымышленными. Любые совпадения с реальными людьми, живыми или умершими, случайны и не являются намерением автора.

ISBN: 979-8-9932282-9-7   Печатное издание

ISBN: 979-8-9932282-1-1   Электронная книга

Дизайнер обложки: **KMS Arafat**

Напечатано в Соединенных Штатах Америки.

СОДЕРЖАНИЕ

ПРЕДИСЛОВИЕ

1.

Заканчивается 2049 год от Рождества Христова. На Земле и в Небе творится страшное. Идет война. Но воюют не земляне.

Существа, сражающиеся между собой, уже несколько дней ведут бои на нашей планете. Они сильно отличаются друг от друга. Те, что первыми появились на Земле, прибыли из космоса на больших звездных кораблях. Все их космические фрегаты черного цвета и имеют дискообразную форму. Диаметр каждой из таких летающих тарелок не меньше 5 километров. Рядом с нашей планетой в космосе их собралось столько, что они загородили собой звезды в ночном небе.

В основном эти пришельцы ведут боевые действия на маленьких самолетах-истребителях яйцеобразной формы, у которых нет ни крыльев, ни хвоста. Размер истребителей не больше легкового автомобиля. Летают они очень быстро, мгновенно достигая скорости света.

Человеческий глаз не способен увидеть, как эти самолеты-истребители перемещаются. Их трудно разглядеть, даже когда они неподвижны, потому что они полупрозрачны и легко меняют окраску как хамелеон, сливаясь с окружающей средой. Эти летающие машины становятся видимыми, только когда их подбивают.

Оружие самолетов-истребителей обладает огромной разрушительной силой. Лазерные пушки, установленные на них, могут стрелять пулеметной очередью, превращая все в пылающий пепел. Сброшенные с них электромагнитные бомбы оставляют на земле после взрыва километровые воронки.

Воины, летающие на этих смертоносных машинах, одеты в черные скафандры, плотно облегающие тело и голову. Сделаны скафандры из материала, по виду сильно напоминающий черный гладкий пластик, и служат их обладателям надежной защитой, ведь обычные пули не оставляют на такой экипировке даже царапины.

На подлокотниках и подошвах скафандров расположены турбины, позволяющие их носителям взлетать и свободно перемещаться как по воздуху, так и под водой. Благодаря этому воины могут покидать свои истребители даже во время полета.

Когда пришельцы высаживаются и начинают зачистку территории от выживших и продолжающих сопротивление, их самолеты, управляемые автопилотом, парят над ними, оказывая огневую поддержку с воздуха и отслеживая перемещение противника. После завершения операции воины-пришельцы возвращаются в истребители, запрыгивая в них прямо на лету.

2.

По образу своему эти существа чем-то похожи на людей, но пропорции их тел сильно отличаются от человеческих: туловище, руки и ноги у них очень короткие, а голова — непропорционально большая, овальной формы. Ее длина составляет примерно треть всего тела, а диаметр чуть меньше ширины плеч. Шеи практически нет. Ростом они гораздо ниже людей: даже самые высокие из них не превышают 140 см.

По движениям и поведению эти твари очень сильно напоминают насекомых. Они держаться всегда вместе и передвигаются только группами. Делают они это очень слаженно и быстро. Эти насекомообразные обладают колоссальной физической силой. Каждый из них способен оторвать от земли предмет весом в несколько тонн, разбить вдребезги бетонную стену и пробить насквозь дверь бронированной машины одним ударом кулака.

Они скорее всего либо киборги, либо роботы. Потому что очень часто во время боя к раненому насекомообразному мгновенно подлетает ящик, из которого выдвигаются механические щупальцы и начинают штопать пострадавшего. Обычно эта летающая скорая помощь просто заменяет поврежденные части тела на новые. Делает она это за доли секунды. Не удается спасти воина-киборга только, если тот получил тяжелое ранение в голову, что, впрочем, во время боев с землянами случалось очень редко.

3.

С таким техническим и тактическим превосходством эти демоны воплоти выкосили население Земли, словно траву. Тех, кто выжил, они держат в концлагерях. Изредка некоторым пленникам удается бежать и скрываться в горах или подземельях.

Уничтожив армии стран, что пытались дать им отпор, эти маленькие черные чудовища стали добывать на Земле полезные ископаемые. Они выкачивали из земли все, что может дать им энергию. Делали они это в огромных масштабах, что привело к природным катаклизмам. Начались землетрясения. Проснулись вулканы. А позже цунами высотою в несколько километров одно за другим обрушились на материки.

Насекомообразных это не остановило. Когда стихия успокоилась, и грозы утихли, они продолжили качать из земли энергоресурсы. В результате этого погибла большая часть флоры и фауны. Процесс фотосинтеза был нарушен. Мировой океан стал колоссально убывать. Из-за нехватки кислорода в атмосфере дышать стало очень тяжело.

Сейчас эти люди-насекомые качают энергию Солнца, используя огромные насосы. Вместо желтого шара, который грел нашу планету и приносил новый светлый день, теперь на востоке каждое утро поднимается белый шар, чем-то похожий на Луну. Эта Луна размером с Солнце еще светит, но почти не греет. Если насекомообразные не остановятся, наше светило скоро погаснет совсем.

На большей поверхности суши теперь можно найти только пустыни, разрушенные города, занесенные песками, и огромные ледяные глыбы. Кругом царит вечная зима. Мрак окутал когда-то голубую и живую планету.

С началом новых боев мертвая тишина нарушается свистом снарядов, оглушительными взрывами, и душераздирающими нечеловеческими воплями. Очень холодно и панически страшно.

4.

Те, что сражаются против насекомообразных, появились на Земле всего несколько дней назад. Это случилось, когда все живое на планете было почти полностью уничтожено. Они вышли словно из ниоткуда, неожиданно и молниеносно напав на врага.

Вокруг каждого из них исходит яркий серебристый свет. Он сильно слепит, поэтому четко разглядеть этих воинов не удается. Об их образе можно лишь сказать, что фигуры их ничем не отличаются от человеческих.

Эти светящиеся силуэты перемещаются очень быстро, как мерцание молнии. Они могут прыгать на большую высоту и длину. Эти силуэты умеют летать, неожиданно исчезать и появляться. Они спокойно проходят сквозь любые твердые предметы будь то стены, скалы или деревья.

Воюют светящиеся без оружия. Из своих ладоней, лба и живота они испускают мощные электромагнитные разряды, способные поражать противника с очень большого расстояния. Похожие на святых духов, что изображены на иконах в христианской церкви, светящиеся силуэты могут уничтожать противника, пуская из глаз лучи похожие на лазер.

Несколько светящихся воинов, стоя рядом друг с другом и пуская из глаз волнообразный свет, могут создать огромную крутящуюся лазерную воронку и направить ее на врага. Высотой в несколько сотен метров этот вращающийся лазерный смерч выжигает все на своем пути, не оставляя после себя даже пепла. Насекомообразные воины, их корабли, самолеты, боевая техника и построенные ими сооружения, попадая в этот вихрь, мгновенно сгорают.

Хотя светящихся в разы меньше, они значительно превосходят своих врагов по силе. Насекомообразные воины часто несут потери в боях с ними, но их ряды неизменно пополняются спустя некоторое время.

Когда число погибших и раненых маленьких черных солдат достигает критических масштабов, а новые силы еще не прибыли на поле сражения, оставшиеся боеспособные бойцы катапультируются из своих самолетов и продолжают бой на земле. Тем временем их летательные аппараты рассыпаются на мельчайшие частицы, превращаясь в пыльное облако. Раскаленное до экстремально высоких температур, оно начинает парить в воздухе словно гигантский рой пчел, сжигая все к чему прикасается, при этом обходя своих черных солдат и не причиняя им ни малейшего вреда. При необходимости из этого пыльного облака за одно мгновенье могут вновь собираться истребители, чтобы забрать своих солдат с поля боя.

Остановить огненный рой и прибывающее пополнение во время сражения светящимся удается только взрывая себя. Взрыв одного светящегося воина уничтожает миллионы насекомообразных монстров и очищает Землю от раскаленных пыльных облаков.

В одном из боев, что проходил рядом с местом, где нас держат, я видел, как светящиеся проникают в черные скафандры людей-насекомых и сжигают их прямо изнутри. При этом насекомообразные, сгорая заживо, издают ужасные вопли.

Светящиеся в отличие от воинов-насекомых людей не трогают, но на контакт с человеком тоже не идут. Разговаривают между собой они очень мало. Как правило они обмениваются короткими фразами во время боя. Их язык очень похож на кантонский диалект китайского языка. Хотя скорее всего, мне просто это показалось. Я уже довольно стар, и мне легко может послышаться что угодно.

5.

Насекомообразные держат меня в общем бараке с остальными пожилыми узниками. Эти твари нас особо не трогают. Пленным же, что помоложе, повезло меньше. Над ними ставят ужасные опыты, подвергая всевозможным пыткам.

Я знаю, что недолго протяну в этом бараке, но переживаю я только за своего сына и внуков. После того как насекомообразные напали на Землю, я ни Тима, ни его малышей больше не видел.

Однажды один пленник, что попал в лагерь позже меня, рассказывал, как видел человека, способного сокрушать насекомообразных воинов одним только криком. Услышав это, я понял, что речь идет о моем сыне. Похоже, он больше не скрывает свой дар и решил открыто дать отпор насекомообразным гадам.

Мне же теперь бессмысленно бояться, что кто-то узнает о его сверхспособностях. Обстоятельства изменились. Хотя должен признаться, всю свою жизнь я прожил в страхе, что кому-нибудь об этом будет известно...

Часть 1 Тайны горы Куньлуньшань

Глава 1 Явление судьбы

1.

Когда Алексей был ещё совсем молод, он приехал в Китай с горящими глазами и твёрдым намерением выучить китайский язык. В то время, когда экономика страны бурно развивалась, путунхуа — официальный язык — был чрезвычайно востребован. Студенты, бизнесмены, мечтатели со всего света ехали в Китай учиться, работать или хотя бы одним глазком взглянуть на страну, так долго закрытую для иностранцев.

Он прилетел в Пекин в начале сентября 2000 года. Небо было безоблачным, улицы пылали жаром. Это казалось странным: еще вчера вечером в Москве он шел под холодным дождем, и тяжелое пальто оттягивало плечи.

Немного попутешествовав по стране, Алексей записался на курсы китайского языка в колледже города Циндао. Город понравился ему сразу. Море рядом, еда дешевая и вкусная, а местные жители встречали его с искренней приветливостью. Это было хорошее место, чтобы начать.

Занятия начинались рано утром и заканчивались после обеда. В его группе было около двадцати студентов, в основном из Южной Кореи; европейцев и американцев было лишь несколько. Несмотря на разнообразие, атмосфера была тёплой, и все говорили между собой только на путунхуа.

Однажды, во время знакомства, по аудитории прозвучал ясный голос девушки: — Меня зовут Николь. Я родилась и выросла в Сан-Франциско. Мои родители из провинции Гуандун. Они познакомились в Америке, поженились и остались там, когда отец нашел работу в китайской компании. Я учусь путунхуа здесь, в Циндао, уже несколько месяцев.

Она говорила свободно, хотя мягкий южный акцент проскальзывал каждый раз, когда она пыталась произнести «ш». Алексей слушал, завороженный. Если бы она не упомянула о жизни в Америке, он бы подумал, что она выросла в самом Гуандуне.

Николь улыбнулась и продолжила:

— Дома мы говорим только на кантонском. Путунхуа пришёл позже, уже здесь. Самое трудное для меня — иероглифы: их так много, и все разные! Но я люблю здешнюю еду: тушёные баклажаны, куриные шашлычки, картофельную соломку с перцем. Даже рис здесь вкуснее.

Ее смех был быстрым и звонким, и Алексей ловил каждое слово внимательнее, чем у кого-либо другого. Через несколько недель он наконец набрался смелости заговорить с ней после занятий:

— Я не видел тебя почти две недели. Ты болела?

— Да, простыла, — ответила она, слегка пожав плечами.

— Как можно простудиться в городе, где всегда лето? Она рассмеялась, её глаза заискрились:

— Наверное, съела слишком много мороженого. Тут есть эскимо с зелёным чаем — я подсела. Ты пробовал?

Когда Николь спотыкалась в китайском, она переходила на английский. Увидев, что Алексей не понимает, она стала показывать переводы в своем электронном словаре. Постепенно их разговоры стали легче. Вскоре она начала присылать ему ежедневные сообщения на китайском.

Для Алексея каждый ответ был испытанием: расшифровать незнакомые иероглифы, перелистать словарь, собрать фразы. Сначала это раздражало, но со временем словарный запас рос, и их переписка становилась все длиннее и теплее.

Дружба переросла в часы разговоров после занятий, совместные домашние задания, подготовку к экзаменам. По выходным они смеялись над голливудскими фильмами в китайском дубляже и гуляли по пляжу, утопая ногами в горячем песке. Они были молоды, любопытны и неразлучны.

К концу учебного года дружба превратилась в любовь. Николь должна была уехать на лето в Америку, но в последний момент решила остаться.

Однажды вечером, сидя на скамейке у моря, Алексей заметил ее молчание. Она отмахивалась от его шуток, ее взгляд был далеким. — Что-то случилось, — вдруг прошептала она, тревога застыла в ее темных глазах.

— 怎么回事儿?[1] — весело спросил Алексей. Слезы наполнили ее глаза и скатились по щекам раньше, чем она смогла ответить. Наконец дрожащим голосом она призналась:

— Я беременна... Если отец узнает, мне придется... — слова оборвались.

— Мне придется сделать аборт.

Алексей оцепенел. Он попытался успокоить ее, пообещав, что не бросит. В тот же вечер он нашел частную клинику и уговорил Николь поехать туда. Но врач, осмотрев девушку, покачал головой. Говоря медленно, чтобы они уловили смысл, он объяснил:

---

[1] zěnme huíshì? что случилось? (Транскрипция и перевод с кит.яз.)

— У этой девушки очень слабое здоровье. Если она прервет беременность, она, скорее всего, больше никогда не сможет иметь детей. И я не могу рисковать ее жизнью ради этой процедуры.

2.

Николь не решалась рассказать родителям. Она избегала поездок домой, придумывала предлоги, а во время видеозвонков показывала только лицо, скрывая остальное.

Беременность тяжело на нее давила. Бессонные ночи, перепады настроения, раздражение по пустякам. Друзья отдалились. Она училась усерднее, чем когда-либо, но вне класса становилась замкнутой.

Когда ее сын родился преждевременно, на седьмом месяце, было чудом, что он выжил. Общежитие отказалось селить семью с ребенком, и Алексей в отчаянии искал жилье, пока не нашел пожилую хозяйку Чжан Линь, сдававшую скромную двухкомнатную квартиру недалеко от колледжа.

Чжан Линь, овдовевшая и бездетная, жила этажом выше. Всю жизнь она занималась недвижимостью, но теперь, казалось, сдает квартиры не ради денег, а ради компании. Студенты приносили жизнь в ее дом: смех, ссоры, музыку. С приходом лета, когда они уезжали, возвращалась тишина.

Для Алексея и Николь она стала почти бабушкой. Она присматривала за их сыном, приглашала на обеды, с тихой нежностью опекала ребенка.

После родов здоровье Николь резко ухудшилось. У нее рано пропало молоко, приходилось покупать дорогие смеси и лекарства. Алексей работал без отдыха — переводчиком в туристической фирме, подрабатывал в логистике, преподавал русский язык местным студентам. Но денег всё равно не хватало.

Ссоры заполнили квартиру:

— Ты работаешь каждый день, а мы все равно считаем каждую копейку, — бросила Николь однажды вечером.

— А почему? — вспыхнул Алексей. — Потому что свет горит всю ночь! Потому что ты заказываешь еду из дорогих ресторанов! Мы могли бы жить скромнее...

Ее горький смех резанул его. Ребенок заплакал, соседи стучали в стену, а Николь заперлась в спальне, пока Алексей стоял беспомощный на кухне. Только Чжан Линь могла успокоить малыша, укачивая его, пока в квартире вновь не наступала тишина, прерываемая лишь приглушенными рыданиями Николь за дверью.

3.

— Давай расскажем все нашим родителям. Мы не справимся вдвоем, — предложил Алексей однажды ночью.

— Ты с ума сошел? — глаза Николь сверкнули.

— Мой отец никогда не примет меня с ребенком, рожденным вне брака.

— Тогда давай поженимся. Поедем в Россию. Мои родители будут рады.

Она посмотрела на него и вдруг рассмеялась грубым смехом:

— Выйти за тебя? За бомжа, который не может обеспечить себя? Я всегда знала, что ты из бедной семьи. Переехать в Россию? Никогда.

Ее слова очень огорчили Алексея, но он промолчал. Она была права — он терпел поражение за поражением. И все же он держался за одну надежду: овладеть китайским и открыть себе путь к другой, лучшей жизни.

Поздно ночью, не в силах уснуть, он пошел на кухню. На столе все еще лежали книги Николь. Он взял одну и стал листать, пока взгляд не зацепился за фотографию: воины терракотовой армии, раскопанные крестьянином в 1974 году.

В статье рассказывалось о первом императоре, Цинь Шихуанди, и о легендарных сокровищах, якобы погребенных вместе с ним. Алексей смотрел на страницу, и в голове прозвучала тихая мысль: «Если бы и мне так найти сокровища».

Глава 2 Начало поисков сокровищ

1.

Постепенно мысль о сокровищах полностью поглотила Алексея. Мечтая о кладах, он стал много размышлять, где еще на китайской земле можно найти сокровища, о существовании которых никто даже не подозревает. Гробницы каких императоров еще ждут своих открытий?

В свободное время Алексей читал все, что мог найти в Интернете о поисках сокровищ. Как-то раз он наткнулся на статью о немецком бизнесмене Генрихе Шлимане. В свое время тот немец отыскал город Трою, в существование которой тогда многие не верили, считая ее мифом из «Илиады» Гомера. Шлиман же, с детства увлекавшийся древнегреческой литературой, утверждал, что Троя не вымысел. Так весной 1873 года этот немецкий археолог-любитель сделал величайшее открытие.

Обнаружение Шлиманом нескольких древнегреческих городов еще больше укрепило намерение Алексея заняться поисками сокровищ. История Китая насчитывала ни одну тысячу лет, и он твердо знал, что в этих краях еще можно найти множество кладов. Ему нужно было только определиться с предметом поиска.

Алексей стал рассуждать следующим образом: чем ближе история к современности, тем меньше в ней тайн и загадок, что снижает шансы на новые открытия. Поэтому он решил сосредоточиться на истории Древнего Китая, а именно – на его правителях.

Просматривая длинный список великих императоров, он обратил внимание, что первые десять из них были мифическими героями. О существовании этих древних правителей было известно только из легенд и сказок. Никаких археологических следов, подтверждающих реальное существование этих царей, найдено не было. Это натолкнуло его на мысль последовать примеру Шлимана и искать информацию об истории в литературе, читая китайские былины и старинные предания.

2.

Одним из древнейших китайских сборников легенд и сказаний была книга Шаньхайцзин [2]. Большинство мифов о древних властителях Китая хранилось в этой толстенной книге.

Когда она была написана доподлинно неизвестно. Историки полагали, что ее начали создавать примерно в 5 веке до н. э. Алексей упрямо игнорировал тот факт, что ученые единодушно считали все описанное в этой книге не более чем вымыслом.

Перечитывая древние тексты из «Шаньхайцзина», он пытался найти хоть какую-то связь между описанными в них сказками и реальным миром. Так, на современной карте Китая, Алексей без труда нашел гору Куньлунь. Эта гора упоминалась в одном из мифов как место, где жил Желтый император. Этот ни то человек, ни то полубог был известен всем китайцам под именем Хуанди. Тексты описывали его многочисленные подвиги и открытия. В них он был представлен как целитель и искусный воин, мудрый правитель и величайший изобретатель. Считалось, что этот мифический герой дал начало всей китайской нации.

По одной из легенд Желтый император возвел на горе Куньлунь целый нефритовый город. В этом сказании упоминалось, что место в горах, где жил Хуанди, было началом нескольких рек.

Разглядывая карту, Алексей выяснил, что единственная река, начинавшаяся в тех краях, была река Хуанхэ. Однако сама гора

---

[2] «Книга гор и морей» - древнекитайский трактат, описывающий реальную и мифическую географию Китая и соседних земель, а также обитающих там созданий. (прим. авт.)

Куньлунь находилась немного дальше истоков этой огромной реки. Это было хорошо видно на спутниковых картах.

«Скорее всего Куньлунь в легенде – это обобщенное название всех горных хребтов тех мест. Начало же реки Хуанхэ – более четкий ориентир. К тому же географы утверждают, что исток Хуанхэ никогда не меняет своего местоположения. Может быть, древние люди именно гору, лежащую у истока, называли Куньлунь? А со временем это название перекачивало к другому, более удаленному от истока горному хребту?» – полагал студент-золотоискатель.

Место начала Хуанхэ было хорошо обозначено на карте. Алексей даже нашел рядом с ним несколько населенных пунктов, до которых можно было без труда добраться. Как выяснилось, туда любили ездить туристы. Многие хотели увидеть место, откуда берет свое начало великая Желтая река. Что-то подсказывало молодому человеку, искать надо именно там.

Алексей решил уехать туда в тайне от всех, прекрасно понимая, что если кто-нибудь узнает, куда он собрался, а главное – зачем, то сочтет его сумасшедшим. Николь, конечно, тоже была бы категорически против этой затеи и, как всегда, устроила бы очередную сцену. Он сильно устал от этого, и поэтому уехал, ничего ей не сказав.

3.

Искатель сокровищ вернулся обратно в Циндао через три недели без каких-либо результатов. Был разгар лета, и в городе стояла невыносимая жара. Яркое солнце слепило глаза. Он шел от вокзала до съемной квартиры пешком. Прохожих на улицах было мало. В студенческом городке, мимо которого он проходил, не было ни души – каникулы уже давно наступили, и большинство студентов разъехалось по домам.

Алексей представил, какой тяжелый разговор ему предстоит с Николь, и какую сцену она устроит. От одной этой мысли ему стало не по себе. Всю дорогу в поезде он ломал голову, как объяснить ей свое исчезновение.

Но до этого дело не дошло. Квартира, в которой они жили, оказалась совершенно пустой. Все их вещи как будто испарились. Казалось, Николь и Тим здесь никогда не жили.

Он тут же помчался к Чжан и уже у двери ее квартиры услышал заливной смех малыша. Дверь ему открыла сама старушка с Тимом на руках.

– Ты где пропадал? – Невесело буркнула она, впуская его на порог. Алексей стоял в прихожей и молчал, не смея посмотреть ей в глаза. Она вручила ему малыша в руки, который тут же начал плакать.

– Подожди, я принесу твои вещи, сказала она и удалилась.

Неопытный папаша попытался успокоить Тима, но тот стал плакать еще громче. Через какое-то время Чжан появилась в прихожей снова. Она еле волочила большую багажную сумку. Это был чемодан на колесиках, принадлежащий Алексею, который он купил прошлым летом в Шанхае. Багаж был настолько набит, что молнию невозможно было застегнуть до конца.

— А где Николь? — Наконец, решился спросить он. Старушка не ответила. Поставив чемодан у порога, она взяла у него ребенка и опять ушла в другую комнату. Через какое-то время она вернулась и протянула ему записку, которая была от Николь. На английском языке в ней было написано:

"Алекс,
    Ума не приложу, куда ты пропал. Я улетаю домой и больше сюда никогда не вернусь. Малыша я оставляю. Я не хотела и не хочу иметь этого ребенка. Я попросила Чжан присмотреть за ним до твоего возвращения. Наверное, я просто соврала, потому что не знаю появишься ли ты здесь еще когда-нибудь или нет. Я поняла, что никогда не любила тебя и не хочу связывать свою жизнь с тобой и этим малышом.
Прощай."

В тот момент Алексей сильно растерялся. Сидя прямо на полу рядом с чемоданом в темном коридоре квартиры Чжан, он думал, как быть дальше. Денег у него почти не было. Что делать дальше, да еще с ребенком на руках, он понятия не имел. Единственное, что пришло ему в голову – попытаться уговорить хозяйку оставить Тима у себя, пока он не найдет новое жилье и работу.

Бабушка Чжан сжалилась над ним и согласилась взять ребенка на время. Она даже разрешила бедолаге остаться в съемной квартире, пока она не заселит новых жильцов.

На сердце у Алексея была пустота. Он не винил Николь. Просто жизнь еще раз показала ему, насколько иллюзорными были его представления об искренности, дружбе и любви.

В ту долгую и бессонную ночь его не покидала мысль о том, что все наладится, если он найдет клад. Это вселяло в него надежду. Так на свой страх и риск он решил продолжить поиски сокровищ.

4.

На следующий день Алексей не пошел устраиваться на работу и не стал искать новое жилье. Вместо этого он прямиком отправился на вокзал и купил билет на поезд в деревню Сю, рядом с которой искал нефритовый город.

В тех краях гостеприимные местные жители всегда охотно оставляли его на ночлег. Они никогда не видели иностранцев и с интересом общались с ним. Его щедро кормили и даже давали еду с собой.

Алексей раздобыл ломик с лопатой и целыми днями пропадал в окрестностях истока Хуанхэ, вечером возвращаясь в деревню. Через несколько недель он уезжал ни с чем обратно в Циндао, снова просил Чжан Линь присмотреть за малышом и опять ехал на поиски.

Так продолжалось почти до конца осени. Последний раз, когда Алексей приехал на квартиру Чжан, старушка была очень плоха. Она лежала в кровати и уже почти не вставала. Дверь ему открыла незнакомая женщина. Как оказалось, это была дальняя родственница бабушки Чжан. Ее звали Ван Мэй.

Ван Мэй было около 60 лет. У нее были седые вьющиеся волосы. Она носила короткую черную кроличью шубку, темно-зеленую юбку чуть ниже колен и черные замшевые сапоги. На правой руке у нее было кольцо с большим драгоценным камнем бордового цвета. Она выглядела очень стильно, и от нее веяло тонким ароматом дорогих духов.

Госпожа Ван долго беседовала со студентом. Похвалив его китайский, она начала расспрашивать все подробности его жизни в Китае. Во время разговора ее часто отвлекали телефонные звонки. Иногда она переключала внимание на Тима и начинала играть с ним, а потом, вспомнив об Алексее, возвращалась к беседе. Она говорила очень медленно и учтиво. С ее лица не сходила улыбка. Голос у нее был низким с легкой хрипотой.

– За бабушкой Чжан сейчас ухаживает медсестра. Но дома за больными присматривать не очень удобно, поэтому я решила перевести ее в больницу. Я долго ломала голову откуда у Чжан этот малыш. Теперь я все поняла, – продолжала Ван с улыбкой.

– А в какую больницу ее положат? Я мог бы помочь ухаживать за ней.

– Думаю, в этом нет необходимости. Ее поместят в центральной городской больнице, где за ней будет круглосуточно присматривать медперсонал.

Затем она посмотрела на Алексея очень пристально, будто размышляя о чем-то, и сказала:

– Ты можешь навещать ее, когда захочешь.

После этих слов Ван Мэй начала собираться уходить. В дверях она вдруг повернулась к нему и все с той же улыбкой добавила:

– Ах да, чуть не забыла. В эту квартиру скоро заедут новые жильцы. Вы можете остаться с малышом здесь до конца недели, а потом нужно будет съехать.

Всю ту неделю, что Алексей провел в квартире бабушки Чжан, она не промолвила ни слова и только грустно смотрела на него, когда он заходил к ней в спальню. В комнате стоял сильный запах китайских лекарств, и царила тишина. Слышно было только тяжелое хрипящее дыхание бабушки и тикание настенных часов.

Молодой человек по долгу сидел у ее кровати и размышлял. Продолжать поиски с ребенком на руках казалось ему невозможным, но бросать начатое он не хотел. В который раз, понадеявшись на авось, он принял решение переехать в деревню Сю вместе с малышом, и ранним воскресным утром, попрощавшись со старушкой, навсегда покинул Циндао.

5.

Переехав с Тимом в деревню, Алексей стал давать частные уроки по русскому языку. Занятия он проводил в небольшой избе. По утрам она была классной аудиторией, где он преподавал, а по вечерам – его с Тимом спальней.

Алексей очень боялся, что ему одному не справиться с трудностями, которые ложатся на плечи молодых пап и мам-одиночек. Тим все время плакал, и у его родителя никак не получалось его успокоить. Алексей не знал, как общаться со своим дитя, и никак не мог найти к нему подход. Первое время студенту часто помогали соседи.

Но вскоре все утряслось, и они с Тимом начали ладить. Ребенок оказался очень послушным и сообразительным. Когда Алексей был занят домашними делами или вел занятия, его сынишка спокойно играл со своими игрушками, рисовал и раскрашивал или просто листал детские книжки.

Алексей понемногу начал учить Тима русскому и знакомить его с русской культурой: включал ему смотреть мультики на русском языке, слушать русские песни и читал русские сказки. С местными же малыш говорил только китайском. Постепенно Тим заговорил на двух языках.

Забота о Тиме наполнила жизнь Алексея смыслом и придавала ему силы. Горечь его неразделенной любви и одиночества растворялись в улыбке и задорном смехе сына.

6.

Когда закончились зимние холода и сошли снега, Алексей снова начал искать клад, посвящая этому все свое свободное время. Он копал повсюду: далеко в горах и вблизи деревни.

Если Тима не с кем было оставить, он брал его с собой. Они часто ходили с ним на поиски к небольшой речушке, которая начиналась где-то в горах и протекала рядом с их деревней.

Алексей выкапывал ямки диаметром не больше метра, углубляясь на столько, на сколько позволяла почва. Ничего не обнаружив, он вылезал из ямы и закапывал ее. Отсчитав пару шагов от засыпанного места, он снова начинал копать.

Если в яме попадался песок, Алексей не закапывал ее, а делал рядом с ней песочницу для Тима и оставлял его там играть. У малыша для игры были машинки, лопатка и ведерко. Он часто, повторяя за папой, начинал копать ямки в своей песочнице.

Не привлечь внимания крестьян своими раскопками Алексею было трудно. Всегда находился какой-нибудь любопытный, который приставал с вопросами, что тот делает. Алексей отшучивался, отвечая, что ищет клад. Кто-то, хохотнув в ответ и пожелав удачи, шел дальше своей дорогой, кто-то, странно посмотрев на него, молча удалялся.

7.

Однажды во время занятий к Алексею в дом зашли несколько человек. Женщина, что была среди них, извинилась на китайском языке и спросила можно ли поприсутствовать на его уроке. Растерянно кивнул в ответ, он продолжил занятия.

Вошедшие, встав тихонько у входной двери, стали наблюдать как Алексей преподавал. Когда урок закончился, и все дети разошлись, та же китаянка обратилась к нему вновь, но уже на русском:

– Здравствуйте! Меня зовут Надя. Я учила русский язык в Иркутском университете и теперь работаю в местной языковой школе. Нам очень нужны преподаватели русского языка. Я хотела бы пригласить вас работать у нас.

Как оказалось, вместе с ней приехали представители районной администрации. До них дошли слухи, что в одной из окрестных деревень иностранец работает учителем. Это вызвало у них большой интерес, и они решили посетить эту деревню.

Алексею предложили переехать в город и начать работать в школе, о которой упомянула Надя. Обещав подумать, он записал ее номер телефона, и гости, вежливо попрощавшись, удалились.

После той встречи Алексей все также продолжал заниматься поисками. Однако энтузиазм у него постепенно стал угасать. Он много размышлял над предложением перебраться в город и работать в школе.

Обещанная хорошая зарплата и бесплатная жилье в квартире со всеми удобствами заставили его впервые задуматься, а стоит ли оставаться в этой глуши и заниматься поисками непонятно чего. Копание в грязи в холод и зной, да еще с ребенком, показалось ему безумием.

Взвешивая все за и против, Алексей все больше склонялся к мысли о переезде. Через неделю раздумий он позвонил Наде и сказал, что согласен. Затем он купил билеты на поезд, упаковал вещи, и они с Тимом отправились в путь.

Глава 3 Каменный колокольчик

1.

До города было несколько часов езды. Утомленный и отчаявшийся искатель сокровищ подолгу глядел в окно и размышлял о своей жизни. Он чувствовал себя неудачником. Воспоминания мелькали у него перед глазами, как деревья и дома в окне поезда. На душе было уныло и грустно.

Время от времени он отводил взгляд от окна и оглядывался по сторонам. Вагон был набит людьми до отказа. Было очень шумно. Стоял очень тяжелый запах. Багажные полки трещали под тяжестью сум, мешков и чемоданов.

Люди толпились в проходе и тамбуре, так как им не удалось купить сидячие места. По выходным и в канун праздников в Китае это было обыденным явлением.

Громовой голос кондуктора, громкий смех и разговоры соседей, плач ребенка из конца вагона – все это постепенно вывело Алексея из забытья, и он взглянул на Тима. Его сынишка тоже сидел у окна напротив него. На полу возле малыша лежала маленькая алюминиевая кастрюлька, наполненная разными побрякушками, которые ему либо подарили, либо он сам подобрал где-нибудь.

Тим доставал из ведерка то машинку, то ложку, то пластиковый стаканчик, то меленькие камушки и играл с ними. Каждый раз, вынимая из алюминиевой тары новую вещицу, он возвращал предыдущую обратно. Только одну из своих игрушек он все время держал при себе и почти не выпускал из рук. Это было что-то похожее на фисташковый орех в скорлупе.

Малыш периодически касался этим орешком различных предметов вокруг себя: стола, своей одежды, бутылки с водой и других вещей. После того как малыш дотрагивался фисташкой до предмета, он подносил ее к своему уху и внимательно прислушивался, а через мгновенье начинал весело смеяться, а иногда даже визжать от радости.

Алексею стало интересно, что это за фисташка такая, с которой Тим не расстается ни на секунду. Отец попытался выманить игрушка у ребенка из рук, чтобы получше разглядеть, но тот упорно не хотел ее отдавать. Тогда Алексей прибегнул к хитрости, и отвлек внимание малыша шоколадкой. Так ему удалось ненадолго завладеть тем каменным орехом.

2.

Это был камушек овальной формы. Он очень сильно походил на фисташковую скорлупу, которая была слегка приоткрыта. Между двумя ее полыми половинка виднелся металлический стержень: один его конец чуть выступал наружу, а другой скрывался внутри, как стержень колокольчика.

Когда Алексей встряхивал «фисташку», стержень ударялся о ее полые каменные половинки. «Точно колокольчик», – подтвердил он свою догадку. Но возникающий звук был едва слышным и не особо мелодичный. Добиться хорошего звучания удавалось лишь только тогда, когда Алексей тряс побрякушку изо всех сил.

Алексею было не понятно, почему колокольчик звенит так плохо. Его светло-коричневый корпус снаружи был гладким и отполированным до блеска. Выступающий наружу кончик металлического язычка имел форму маленькой пирамидки.

Присмотревшись к пирамидке повнимательнее, Алексей заметил, что она состоит из трех крошечных фигурок, похожих на древние иероглифы. Самая крупная из них была прикреплена к стержню и служила основанием пирамидки, средняя – центральной частью, а самая маленькая – верхушкой.

По стилю образ иероглифов очень напоминал цзягувэнь – иероглифические записи, которые делались на черепаховых панцирях и лопатках быков несколько тысяч лет до н. э.

Самая маленькая фигурка, что находилась на пике, была прототипом современного иероглифа «上» (shàng), который означал «вверху». Она была прикреплена к средней фигурке, которая была аналогом современного иероглифа «帝» (dì), что переводилось как «император». Третья фигурка, самая крупная, была прикреплена к стержню язычка и являлась древним предком иероглифа «黄» (huáng), что означало «желтый».

Если читать макушку и центральную часть пирамидки, складывалось слово «上帝» (shàng dì), что переводится как «Бог». А если прочесть основание и центральную часть пирамидки, получалось слово «黄帝» (huáng dì), что означает «Желтый император».

Сердце у Алексея бешено заколотилось, горло пересохло. В голове вертелись вопросы: «Что это за штуковина? Этот предмет принадлежал Желтому императору? Как он оказался у Тима и когда? Сколько времени я этого не замечал?»

Глава 4 Открытие нефритового города

1.

Алексею нравилось работать в школе. Послушные и прилежные китайские ученики все схватывали на лету. Подготовка к занятиям у него занимала немного времени. Уроки больше напоминали беседы на свободные темы. Он был инструктором устной речи, и от него требовалось только одно – говорить на своем родном языке.

Казалось, что его жизнь наладилась, но тот каменный колокольчик не давал ему покою. Он терялся в догадках, где Тим мог найти его. Единственное разумное объяснение, которое приходило ему в голову, – в одной из песчаных ямок у реки, где он играл в песочек. Отработав до конца учебного года, он на летних каникулах поехал обратно в деревню Сю и возобновил поиски.

Алексей снова стал рыть вдоль обеих берегов там, где была песчаная почва. Но на этот раз он копал не отдельные ямки, а сплошную траншею, чтобы ничего не упустить. Он углублялся не более чем на метр, хотя песчаный слой уходил значительно глубже.

В одном месте, где речушка делала поворот, огибая скалу, толщина песчаного слоя не превышала длину штыка лопаты, а под ним было что-то очень твердое. Расчистив этот участок от песка, Алексей обнаружил, что твердый предмет, на который он наткнулся лопатой, был широкой каменной ступенью. Очистив ее полностью, он принялся за следующую, потом за третью и так далее. Постепенно перед ним открылась вся каменная лестница. Она спускалась вниз, от реки в сторону большой скалы.

Расчистив лестницу до конца, Алексей смог получше разглядеть каменные ступеньки. Они были вырублены из нефрита светло зеленого цвета. Их поверхность была очень ровной и гладкой. Все ступеньки имели прямоугольную форму длинной 99 см, шириной 66 см и толщиной 8 см.

Лестница уходила вглубь примерно на пять-шесть метров и упиралась в вертикальную стену, вырубленную в скале. Простукивая поверхность этой стены, Алексей обнаружил круглое отверстие диаметром около метра. Оно находилось в самом низу, прямо над последней ступенькой, и было полностью забито песком.

2.

Это отверстие служило началом туннеля. Когда Алексей почти полностью расчистил его от песка, на стенах стали видны светящиеся желтым светом иероглифы.

Казалось, это была иллюминация, и все эти иероглифы не более чем лампочки, питаемые электричеством. Но стоило молодому человеку прикоснуться к иероглифу или просто поднести к нему ладонь, тот тут же исчезал.

Иероглифы были изображены в стиле цзягувэнь и напоминали те, что Алексей разглядел на язычке каменного колокольчика. Ими была покрыта вся поверхность туннеля, и они служили своеобразными узорами. Это очень радовало глаз.

Длина туннеля была ровно шесть метров. Его стены были сделаны из черного нефрита с идеально ровной и гладкой поверхностью. В конце туннеля виднелся яркий свет, который становился все ярче по мере того, как Алексей приближался.

В тот момент, когда он добрался до конца туннеля, яркое сияние ослепило его, и он ничего не мог разглядеть. Его глаза начали резать и слезиться. Зажмурившись, он на ощупь выполз наружу, откуда исходило свечение.

Когда его глаза привыкли к такому яркому свету, и он смог нормально видеть, пред ним предстали две статуи драконов. Их высота была не менее 20 метров, и они были из чистого золота. В глазах статуй сверкали голубые алмазы.

Пасти драконов были приоткрыты, и из них виднелись оскаленные зубы. Верхние и нижние клыки были выделаны красным драгоценным камнем и выглядели словно окровавлены.

Драконы возвышались над выходом из туннеля. Словно грозные стражи, они застыли в момент нападения на того, кто осмелился нарушить покой той таинственной обители. Их размеры внушали страх. Казалось, эти две громадины вот-вот раздавят человека, затаившегося перед ними на четвереньках.

3.

Немного переведя дух, Алексей начал осматриваться и заметил проход, ведущий вглубь пещеры. Эта была узкая дорожка, частично занесенная песком. Ее поверхность была выложена фиолетовым нефритом и проходила между тех статуй-драконов. Минуя их, Алексей увидел перед собой множество зданий и вскоре его взору открылся целый город, скрытый внутри скалы.

В центре возвышался огромный дворец из нефрита с ярко-желтыми стенами и светло-коричневой крышей. Крыша была многоуровневая – каждый этаж имел свою крышу. На самом верхнем этаже была двухскатная крыша – острая верхушка и пологий низ. Вход во дворец украшали темно-красные колонны с надписями цзягувэнь. Как и в туннеле, все иероглифы излучали мягкий желтый свет.

Вокруг дворца располагались одноэтажные и двухэтажные дома с голубыми крышами и коричневыми стенами, также высеченными из нефрита. Все они имели остроконечные изогнутые крыши в традиционном китайском стиле, которые выступали за пределы стен и были украшены разнообразными фигурками животных. Многие дома были почти полностью погружены в песок, и виднелись только кончики их крыш.

По периметру города стояло 12 колон, на вершинах которых были установлены фигуры животных китайского зодиака. Площадь города достигала примерно 9 гектаров. Вся поверхность, на которой он располагался, была выложена плитами из зеленого нефрита.

Пещера надежно защищала здания от стихийных бедствий и катаклизмов. Благодаря этому все постройки сохранились в своем первозданном виде без малейших повреждений.

Несмотря на все попытки Алексея разобраться в происхождении ослепительного света, проникающего в каждый уголок пещеры, это так и осталось для него загадкой.

Через некоторое время он почувствовал полное изнеможение и решил продолжить осмотр нефритового города на следующий день. С трудом выбравшись к реке, он в потемках побрел в деревню и, добравшись до своей избы, упал на кровать и заснул мертвецким сном.

4.

На следующий день Алексей проснулся около обеда и стал сетовать, что проснулся так поздно, потому что забыл завести будильник. Когда он вернулся к ступенькам, ведущим к туннелю, то увидел, что там собралось много народа.

Было очень оживленно и шумно. Люди теснились в очереди, чтобы пролезть через туннель внутрь скалы.

Как оказалось, рано утром один из жителей деревни проходил мимо того места и из любопытства заглянул в вырытую Алексеем траншею у реки. Обнаружив в ней ступеньки и узнав, куда они ведут и что скрыто по ту сторону туннеля, он помчался обратно в деревню и рассказал обо всем односельчанам. Вскоре у речки рядом со скалой собрались почти все жители деревни, чтобы своими глазами увидеть нефритовый город.

В тот же день к месту раскопок прибыла местная администрация в сопровождении полиции. После того как всех попросили вылезти из пещеры, один из представителей власти опечатал вход. Затем он оповестил всех зевак, что дальнейшими раскопками будут заниматься ученые, и нефритовый город будет доступен общественности только после завершения работ.

Еще через пару дней место на берегу реки, где были обнаружены ступеньки, было огорожено высоким забором. Войти внутрь теперь можно было только через калитку. Рядом с ней поставили будку, где круглосуточно дежурил охранник.

Алексей не хотел так просто сдаваться. «По крайней мере я имею право на свободный доступ. А вообще мне полагается вознаграждение за открытие самого древнего города в Китае, а, может быть, и во всем мире», – думал про себя он.

5.

Горемыка каждый день приходил к месту, где раскопки теперь велись археологами и стоял у ворот часами на пролет.

– Дедушка, пропусти ты меня, – иногда обращался он к сторожу.

– Да не велено мне никого пускать! Сколько раз я тебе уже говорил!

Алексей же не отставал и через какое-то время опять подходил к будке окликнуть сторожа.

– Не справедливо так поступать! Я нашел это место.

– Извините, не могу пропустить.

Дедушка-охранник, сначала был не разговорчив. Но когда узнал, что Алексей из России, подобрел и стал выходить к нему из будки поболтать.

Лао Ян, так звали старика, как и многие другие китайцы, заставшие эпоху Советского Союза, очень любил русских. С теплом вспоминал он помощь советских людей в трудные для китайского народа времена. Дедушка хорошо знал русских писателей и политических лидеров СССР.

Ему очень нравились советские песни. Он не раз демонстрировал это, запевая на китайском то "Катюшу", то "Не слышны в саду даже шорохи". После того как они с Алексеем подружились, дед часто просил парня спеть эти песни на русском.

Лао Ян рассказал своему новому приятелю, что археологи работают внутри скалы днем и ночью. О том, что они там нашли или видели, ему ничего не рассказывают. Они выходят наружу только за провизией и снова возвращаются к работе.

Во время одного из таких разговоров с дедушкой, Алексей вдруг услышал, задорный смех Тима. Как всегда, он брал сынишку с собой, если не находил с кем его оставить в деревне.

Смеялся малыш очень странно. Это был ни то смех, ни то визг. Раньше Алексей такого за ним не замечал.

– Смотри как резвится на свежем воздухе. Аж завизжал от удовольствия! –сказал дедушка Лао и засмеялся.

– Да! Вот кто здесь самый счастливый, – подхватил Алексей и тоже стал смеяться.

Они подошли к месту, где маленький мальчик играл со своими игрушками, и стали наблюдать за ним. Все его игрушки валялась где-то в стороне. Видно было, что он давно про них забыл. Сидя на земле, Тим держал в руках свою каменную фисташку и не отрывал от нее глаз. Каждый раз, когда она выпадала у него из рук, он начинал радостно визжать. И Алексей с дедушкой снова не смогли сдержать смех.

Вдруг большой стеклянный стакан с ручкой, который дед держал в руках, покрылся трещинами.

«Досмеялся... Сам от смеха не лопнул, так стакан не выдержал», – недовольно нахмурился Лао Ян. Ребенок же завизжал еще сильнее, и стеклянный сосуд разлетелся в дребезги. Дедушка ошпарился пролитым горячим чаем, а осколки порезали ему руку, в которой он держал стакан. Он вскрикнул от боли и схватился за раненую руку.

Наступила полная тишина. Алексей с дедом переглянулись. Каждый из них был уверен, что стакан лопнул от ребячьего визга.

После того случая Лао Ян из будки больше к Алексею не выходил и всячески избегал его. Лишь один раз он с перевязанной рукой очень раздраженно, но вежливо сказал студенту, что теперь находиться даже около ограды посторонним запрещено.

Походив к воротам еще какое-то время, Алексей понял, что попасть внутрь скалы у него больше нет ни единого шанса. Ему ничего не оставалось, кроме как вернуться в город и готовиться к новому учебному году.

Открытие нефритового города Желтого императора не принесло нашему золотоискателю ни славы, ни денег. Какие тайны скрывали храмы и дворец? Хранилась ли в этом древнем городе императорская гробница? Какие сокровища и драгоценности покоились там? Все эти вопросы так и остались для него загадкой.

Часть 2 Необычный ребенок

Глава 1 Необъяснимые явления

1.

Алексей продолжил работать в школе. Будучи на работе каждый день, ему пришлось найти няню для Тима. Следить за малышом пока его не было дома согласилась китаянка мисс Чэнь. Она приходила утром и оставалась с Тимом на весь день, занимаясь с ним дошкольной арифметикой, рисованием, чтением и написанием китайских иероглифов. Скучать ребенку было некогда.

Мисс Чэнь была родом из провинции Гуандун и говорила на путунхуа с южным акцентом. К удивлению Алексея, она общалась с малышом не только на путунхуа, но и на кантонском диалекте, или как его еще называют юэском языке. Отец не возражал, решив, что знание кантонского диалекта для малыша лишним не будет.

Все свободное время Алексей посвящал Тиму. Они вместе гуляли по городу, ходили в бассейн, ездили в парк и устраивали пикники. Общаясь с ребенком, Алексей стал замечать, что малыш все хуже и меньше говорит по-русски. Это было легко объяснить, ведь большую часть времени он проводил с няней. Но Алексей изо всех сил старался приобщить его и к своей родной культуре. Он часто читал Тиму русские сказки, показывал ему фильмы и включал песни на русском языке.

2.

Тим был не обычным ребенком. Алексей окончательно в этом убедился, когда сыну было около пяти лет. Так однажды придя с работы вечером, он обнаружил свою квартиру в полном беспорядке. Окна, мебель, посуда и телевизор были разбиты.

Алексей нашел мисс Чэнь, лежащей на полу кухни без сознания. Из носа и ушей у нее текла кровь. Рядом с ней на коленях сидел Тим и тормошил ее за плечо, пытаясь привести в чувства. «阿姨! 阿姨!起来! 阿姨起来!3» – не переставал твердить он. Из глаз его лились слезы, но ушибов и ран на нем не было.

Молодой человек тут же позвонил в скорую и стал ждать приезда врачей. Мисс Чэнь пришла в сознание еще до их приезда. Выглядела она сильно напуганной и не могла произнести ни слова.

На следующий день после происшествия к Алексею в дом приходил участковый и долго расспрашивал его все подробности случившегося. Он также задал несколько вопросов Тиму, но мальчик стоял, уткнувшись в пол, и молчал как партизан.

Узнав в какую больницу, увезли мисс Чэнь, Алексей тут же поехал навестить ее. Она выглядела на много лучше и уже могла говорить. Он извинился перед ней за случившиеся и как можно деликатнее спросил, что у них с Тимом произошло в тот день.

Мисс Чэнь испугано посмотрела на него и тихо сказала:

– Я сама во всем виновата.

– В чем?

– В тот день мальчик совсем меня не слушался и не хотел заниматься. Он все время играл со своим камушком и будто меня не замечал. В конце концов, я сильно разозлилась и выхватила игрушку из его рук, сказав, что не отдам ее, пока он ни выполнит все задания по математике и чтению. Малыш на мгновенье замер, а затем начал истерически визжать. Это было не выносимо, и я закрыла уши руками. У меня сильно заболела голова, словно ее сдавливали тиски, а он все продолжал. Вскоре на письменном столе лопнула кружка, а зеркало на стене покрылось трещинами. Больше я ничего не помню.

От услышанного Алексею стало не по себе. Пытаясь хоть как-то успокоить ее и объяснить произошедшее, он сказал:

– Наверное, это произошло из-за того, что комната очень маленькая. Сработал акустический эффект как в звуковой колонке.

Чэнь странно посмотрела на него, но он продолжал:

– Звук стал настолько сильным, что вещи начали лопаться.

Чэнь же, ничего не поняв из его слов, на это лишь сказала:

---

3 āyí! āyí! qǐlái! āyí qǐlái! – Тетушка! Тетушка! Вставай, тетушка вставай (транскрипция и перевод с кит. яз.)

– Сама виновата, раз довела ребенка до такого.

Утешить бедную женщину у Алексея так и не получилось. Когда Алексей попытался предложить ей более высокую оплату, она категорически отказалась снова приходить к ним и заниматься с Тимом. Ему ничего не оставалось, кроме, как только поблагодарить ее за работу и попрощаться.

После того происшествия Алексей стал работать на полставки, чтобы больше времени проводить с Тимом. Он часто наблюдал за ним тайком, но ничего необычного не замечал. Со временем рассказ Чэнь стал казаться ему все менее правдоподобным, и он постепенно начал о нем забывать.

Но один раз, заходя в комнату Тима, Алексей увидел, как малыш сидит за столом, склонив голову над листом бумаги, и что-то рисует, а над ним кругами очень быстро летает каменная фисташка. Услышав отца, Тим резко повернул голову в сторону вошедшего, и фисташка сразу, брякнувшись о стол, упала на пол.

«Мне это просто почудилось», – первое, что пришло Алексею в голову. Однако как ни старался он убедить себя в этом, у него ничего не получалось. Он постоянно ловил себя на мысли: «Я точно видел, как фисташка летала над головой Тима». Он терзался догадками, что это за чертовщина, и не раз пытался поговорить с сыном об этом. Но все попытки оказались тщетными: на его вопросы, как когда-то расспросы участкового, мальчик упорно молчал.

3.

Шло время. Погром квартиры и летающий колокольчик остались давно в прошлом. Тим начал ходить учиться в ту же самую школу, где работал Алексей.

Во время учебы мальчик никогда не обращался к отцу за помощью и выполнял все задания самостоятельно. Многие предметы давались юному школьнику очень легко, и в классе он был одним из лучших учеников. Учителя его часто хвалили.

Единственное, что беспокоило Алексея в Тиме, – это его замкнутость. Мальчик почти не общался со сверстниками и совсем не имел друзей. Алексей чувствовал, как сын отдаляется от окружающих и от него самого.

Переходный возраст у Тима выдался особенно трудным. Из-за упрямства подростка общаться с ним становилось все тяжелее. В свои 13 лет он стал просто невыносим и полностью перестал слушаться отца. Его упорное молчание в ответ на любые слова, Алексея сильно раздражало и порой выводило его из себя.

Однажды Тим так разозлил Алексея, что тот не сдержался и дал ему подзатыльник. Молодой бунтарь взглянул на отца бешенными глазами. Затем он опустил голову, медленно набрал в грудь воздуха и, немного приоткрыв рот, резко выдохнул. При этом он издал очень странный визг. Чуть приоткрытую входную дверь за спиной Алексея вышибло вместе с петлями и рамой словно взрывной волной. Тим же проскользнул мимо и выбежал из комнаты.

Какое-то время после этого Алексей стоял как вкопанный, не смея пошевелиться. Немного оправившись, он присел на стул и попытался собраться с мыслями. Теперь он был уверен, что летающая каменная фисташка ему не почудилась. Он решил серьезно поговорить с Тимом, когда тот вернется домой.

Просидев весь вечер дома, Алексей так и не дождался возвращения сына и уснул прямо за кухонным столом. Тим объявился только под утро. Отец был измотан и в дурном настроении, поэтому они с сыном снова поругались.

На этот раз Тим обрушил свою злость на деревянный книжный шкаф, стоявший около Алексея. Шкаф затрясся, а еще через мгновенье вспыхнул странным синим пламенем и сгорел за несколько секунд. От него не осталось ничего, даже дыма. Огромный книжный шкаф просто исчез.

Однако волна раскаленного воздуха сильно обожгла Алексею спину и шею. Волосы на затылке опалились, а пиджак загорелся. Голова у него просто раскалывалась от боли. Последнее, что он помнил – как отчаянно пытался сбить пламя с рукава.

4.

Очнулся Алексей у себя в пастели и облегченно вздохнул, подумав, что ему приснился кошмар. Но боль от ожогов убедили его в обратном. Тим сидел рядом с его кроватью, опустив голову. Заметив, что отец очнулся, он произнес:

— Почему ты всегда ругаешь меня. Ты даже не пытаешься понять, как мне тяжело. Я чувствую себя белой вороной везде: в школе, на улице, дома. Где бы я ни был, люди смотрят на меня как на прокаженного и обсуждают за спиной. Все здесь мне чужие! Ты тоже стал мне чужим!

От услышанного лицо Алексея исказилось от невыносимой душевной боли, нанесенной этими словами. Он не нашел, что ответить, ведь это была правда.

Внешне Тим не был похож на китайца. Несмотря на смуглую кожу, его высокий рост, европейские черты лица и длинный прямой нос выделяли его среди окружающих. Слова подростка будто отрезвили Алексея, заставив снять пелену с глаз и впервые увидеть кошмар, в котором жил его сын.

5.

Даже родной китайский язык не помогал Тиму избавиться от статуса чужака, так как люди в первую очередь обращали внимание на его внешность.

На русского он тоже не был похож. Смоляные глаза и густые, твердые как пакля черные волосы мало напоминали о его славянских корнях. К тому же, неизвестно в кого, у него были огромные не стандартной формы и размеров уши.

Каждое лето, приезжая с отцом к бабушке и дедушке в Россию, Тим проходил через настоящее испытание. Его внешность служила поводом для насмешек со стороны местных ребят, когда он выходил гулять во двор. Его русский с неправильными окончаниями и ударениями, а также полное отсутствие представления о жизни в России, сильно мешали ему стать своим среди сверстников.

На примере своего собственного сына Алексей осознал, какая тяжелая доля выпадает многим детям, рожденным в смешанных браках. Даже в 21 веке, когда мир давно пропагандировал демократию, равенство и братство, среди многих людей все еще царило непонимание и отчуждение по отношению к тем, кто отличался цветом кожи и разрезом глаз.

Глава 2 Несчастный случай в школе

1.

Жизнь Тима стала еще более невыносимой после смерти одного из его одноклассников на последнем году обучения в средней школе. Как рассказывали ребята, это случилось прямо во время урока. Сяо Ли стоял перед классом и пересказывал какой-то текст из учебника. Вдруг он дико закричал и, упав на пол, начал биться в конвульсиях, пока не затих.

Приехавшие врачи скорой помощи ничего не смогли сделать. Мальчик к тому времени был уже мертв. Вскрытие показало, что Сяо Ли умер от разрыва сердца, вызванного сильнейшим болевым шоком.

Причину этого шока выявил рентген. Трещины в виде прямых поперечных линий были видны на многих костях, которые словно бревна были распилены тонкой пилой.

Толщина щелей не превышала 0.1 мм. Как в костях могли появиться такие тонкие поперечные щели, никто не мог объяснить. Еще большее недоумение у проводящих вскрытие врачей вызвало отсутствие каких-либо повреждений кожи, мышц и кровеносных сосудов. Казалось, кости подростка были перерезаны изнутри словно лазером.

В тот день Алексей как обычно проводил занятия в другом крыле здания и еще не знал о случившемся. Во время урока к нему заглянул директор школы, мистер Ван, и попросил выйти на минутку. В коридоре он рассказал Алексею о происшествии в классе Тима. В завершение мистер Ван добавил, что перед самой смертью Сяо Ли сказал что-то его сыну. Пообещав директору поговорить с Тимом, Алексей на перемене отправился его искать. Однако Тима в школе уже не оказалось.

После работы Алексей сразу направился домой, надеясь застать там Тима, но их квартира оказалась. Ближе к вечеру раздался звонок в дверь. Алексей сразу почувствовал что-то неладное. На пороге стояли двое мужчин в гражданской одежде и участковый. Они хотели поговорить с Тимом.

На вопрос Алексея: «Что случилось?» Один из них ответил: «Это стандартная процедура. В рамках следствия нам нужно провести допрос вашего сына как главного свидетеля».

«Следствия?» – переспросил совершенно растерявшийся Алексей.

«Причины смерти подростка очень необычны. Вскрытие показало множество костных повреждений, что указывает на насильственную смерть. Но кто и как мог нанести их, остается загадкой» – объяснил человек в гражданской одежде. Он так же упомянул о мисс Чэнь, заметив, что в обоих случаях так или иначе фигурирует Тим.

2.

Не дождавшись Тима, следователи ушли, оставив повестку с адресом, куда Тим должен был явиться на следующий день. Алексею стало ясно, что его сын в этом деле является не свидетелем, а подозреваемым.

Тим вернулся домой далеко за полночь совершенно на себя не похожий. Его всего трясло. Не сказав ни слова, он прошел в свою комнату и заперся. Алексей просунул ему под дверь повестку и больше его не беспокоил.

На следующий день после допроса в полиции Тим, как и накануне, молча прошмыгнул в свою комнату и не выходил из нее ни днем, ни ночью. Утром Алексей решился войти. Дверь оказалось не заперта. Сын лежал на кровати, свернувшись калачиком. У него был жар, а тело все трясло.

Спустя какое-то время жар спал, и Тим начал понемногу выходить из комнаты. Он как тень очень медленно и тихо пробирался на кухню и обратно себе. Отец заметил, что юноша совершенно потерял аппетит – стоило ему хоть что-то съесть, как его тут же начинало рвать.

Все попытки Алексея поговорить с сыном, тот прерывал, отвечая: «Отстань от меня! Я не хочу тебя видеть!»

В очередной раз получив такой ответ, Алексей подошел к сыну, взял его за плечи и встряхнул. Затем, не отводя взгляда, пристально посмотрел ему в глаза и вновь задал вопрос:

– Сынок, ты как-то причастен к смерти Сяо Ли? – тихо, но отчетливо произнес Алексей, не сводя взгляда с юношу.

Тим продолжал молчать, странно уставившись в одну точку перед собой.

– Это ты сделал? – еле слышно снова спросил Алексей и добавил:

– Не бойся, мне ты можешь сказать.

В ответ Тим кивнул и зарыдал.

Глава 3 Исчезновение Тима

1.

После похорон Сяо Ли занятия в школе возобновились. Тим стал для всех изгоем, и его сторонились даже учителя. Видя, как он страдает, Алексей посоветовал своему сыну сосредоточиться на учебе и не думать ни о чем другом. Мальчик послушался отца, став усердно заниматься и готовиться к выпускным экзаменам.

Алексей страдал не меньше Тима, и последние месяцы перед летними каникулами превратились для него в сплошную муку. Его, в отличие от сына, не избегали, но отношение коллег и учеников к нему сильно изменилось. Прежняя дружеская и веселая атмосфера вдруг сменилась отчужденностью, холодностью и формальным общением.

В июне Тим получил очень высокий бал на гаокао – едином экзамене для абитуриентов в Китае. Это позволило ему поступить в один из самых престижных вузов страны – Пекинский университет. Изначально он выбрал археологический факультет, всегда мечтая исследовать артефакты и останки древних цивилизаций. Но в последний момент Тим решил перейти на медицинский факультет и начал изучать китайскую медицину, полностью погрузившись в учебу.

Решив быть поближе к сыну, Алексей тоже переехал в Пекин, но виделись они редко. Сын жил в студенческом общежитии на территории университета на северо-западе города. Его отец же снимал жилье совсем в другом конце Пекина, рядом с русской языковой школой, где он начал работать учителем.

Шли годы. Тим получил степень магистра по медицине и приступил к написанию докторской диссертации. За время учебы его внешность заметно изменилась. Он отпустил бороду, стал носить очки и деловой костюм в китайском стиле (куртка с небольшим стоячим воротником-стойкой и широкими прямыми штанами, не сковывающими движения). Походка и движения у него стали очень плавными и медленными. Говорил он мало и тихо. В свои двадцать с небольшим он выглядел намного старше своего отца, и никто не верил, что Алексей его отец.

Как-то на кануне китайского нового года, Алексей заехал к своему студенту в университет. В общежитии уже почти никого не осталось – большинство ребят разъехалось по домам, чтобы по традиции встретить первый день Весны в кругу семьи.

Поздоровавшись с вахтершей и записав свои данные в журнал посещений, Алексей поднялся на второй этаж небольшого здания, где жил Тим. Он прошел несколько комнат по коридору и остановился перед дверью номер 18.

Это была комната Тима. Дверь оказалась не заперта, и Алексей вошел, предварительно несколько раз постучав. Внутри он никого не застал, и на его лице отразилось недоумение. Он достал свой сотовый и снова попытался дозвониться до сына, но, как и в последние несколько дней, абонент оставался недоступен.

Посидев в комнате какое-то время, Алексей спустился к вахтерше, чтобы расспросить о сыне. К его удивлению, бабушка Чжэнь сказала, что Тим появляется в общежитии крайне редко, и даже не смогла вспомнить, когда видела его в последний раз.

Алексей не знал, что могло случиться с Тимом. Им овладела паника, но немного успокоившись, принялся за поиски. Первым делом он отправился в деканат, однако и там он услышал в точности такой же ответ, что и от вахтерши. Ему посоветовали обратиться в полицию и подать заявление о пропаже человека. Сам он продолжал активно искать Тима, но все было тщетно. Его сын словно сквозь землю провалился.

2.

Алексей впал в отчаяние. К началу лета он совсем раскис и стал часто прикладываться к спиртному. Видя, что Алексей стремительно теряет контроль над собой, один из знакомых связался с его пожилыми родителями и сообщил о том, что их сын катится в пропасть. Им удалось дозвониться до сына. В долгой и душевной беседе любящие родители уговорили его вернуться в Россию.

С большим трудом Алексей принял решение уехать из Китая, где прошли его юные и зрелые годы. Несмотря на все трудности, ему в этой стране было хорошо. Местные жители всегда относились к нему с уважением и были готовы помочь в трудную минуту.

Однако исчезновение Тима сломило Алексея. Он чувствовал себя несчастным и одиноким. Когда-то от него ушла Николь, теперь пропал сын. Он был полностью разбит и негодовал на свою судьбу.

3.

Еще достаточно молодым, но уже стариком в душе, Алексей вернулся на Родину и поселился в российской глубинке, откуда был родом. Матушка-Россия приняла горемыку обратно, даже не заметив его отсутствия. Она встряхнула его своей резкостью, беспардонностью и сердечной простотой.

Жить на Родине после столь долгого пребывания заграницей Алексею было в начале непросто. Контраст между Россией и Китаем был колоссальным. Он делился своими впечатлениями и наблюдениями об этом со своими друзьями, а они в ответ упрекали его, что он живет прошлым.

Да, товарищи Алексея были правы – он покинул Китай, но эта страна никогда не оставляла его сердца. Воспоминания о жизни в Поднебесной часто наведывались ему. Он продолжал читать книги и новости на китайском, листать китайско-русские и русско-китайские словари. Ему нравилось слушать китайское онлайн радио. За столом вместо вилки и ложки он пользовался деревянными палочками, что казалось его близким очень необычным.

Однако с годами образы из его прошлого становились все менее яркими. А по прошествию более 15 лет после возвращения, ему уже даже не верилось, что он когда-то был в Китае. Единственным напоминанием о жизни заграницей ему служили вещи, которые он привез оттуда. Большинство из них хранились на чердаке, и он иногда забирался туда, чтобы покопаться в своем прошлом.

Как-то раз, разбирая вещи, привезенные из Китая, Алексей наткнулся на стопку тетрадей, перевязанных веревкой. Они принадлежали Тиму. Он вспомнил, что когда-то давно в Пекине вахтерша студенческого общежития передала ему вещи сына, оставшиеся в комнате после его исчезновения.

Алексею стало любопытно. Он развязал веревку и начал перелистывать тетради одну за другой. Большинство записей было сделано иероглифами, и ему было трудно что-то разобрать. Читать китайскую скоропись – целая наука и требует особого навыка. Но одна из тетрадок оказалась написана на русском. Это сильно удивило Алексея, ведь он был уверен, что Тим так и не научился толком писать по-русски.

Оказалось, это был дневник с личными записями...

Часть 3 Дневник Тима

Управление ультразвуком

Самое раннее воспоминание из моего детства связано с тем, как я нашел в песчаной ямке каменный колокольчик и впервые услышал его звон.

Колокольчик зазвенел, когда я радостно завизжал. Видимо, мой визг случайно достиг такой высокой частоты, что язычок колокольчика завибрировал и начал ударяться о стенки. Так колокольчик откликнулся на мой визг еле слышным звоном.

Звучание колокольчика было очень красивое и необычное, напоминая трели – то короткие, то длинные словно пение птички. Его звон раздавался каждый раз, когда я начинал заливаться задорным смехом, а точнее визжать.

Мне очень нравилось играть с колокольчиком. Чем громче я визжал, тем сильнее был его отклик, что меня очень забавляло. Я неустанно подражал колокольчику, стараясь воспроизвести его звуки. Постепенно звучание моего голоса все больше напоминало его звон, пока не стало точно таким же.

Со временем я научился издавать звук с такой высокой амплитудой, что его не могло уловить обычное человеческое ухо. Так я обнаружил в себе способности издавать ультразвук разной частоты.

Под воздействием ультразвука форма моих ушей изменилась. Они стали похожи на полые половинки апельсина и плотно прилегали к голове под углом в 23°. Благодаря этому я могу воспринимать ультразвук любой частоты. Забавно, но теперь я слышу вещание радиостанций без радиоприемника.

Я постоянно тренировался управлять своим ультразвуковым голосом и научился использовать его как руки. Теперь с его помощью я могу легко поднимать и перемещать предметы любой величины и веса. Регулируя силу, скорость, частоту и направление звуковой волны своим разумом, я способен превращать вещи в пыль, разрезать их и сжигать дотла, как лазером.

Подобно летучим мышам и дельфинам, я могу ориентироваться в пространстве по отраженным звуковым сигналам. Благодаря пущенным пучкам ультразвука я вижу ушами так же, как обычный человек видит глазами при помощи света.

Пуская ультразвук, я могу четко распознать размеры и формы не только внешних предметов, но и тех, что скрыты внутри других объектов. Это позволяет мне видеть сквозь стены, кожу, плоть и другие материалы. Ультразвуком я словно раздвигаю шторы и вижу, что за ними.

Направленный мною ультразвук может пройти сквозь кожу, мышцы и кости человека, разрушив только определенный внутренний орган или устранив злокачественную опухоль, не повредив остальные ткани.

Я научился перемещаться по воздуху, посылая мощные импульсы себе под ноги, и шагать по ультразвуковым ступенькам прямо в воздухе. Со временем у меня стало получаться раздвигать своим голосом морские пучины и проходить сквозь них, словно по коридору между водяными стенами.

Чтобы проделывать все это, нужны очень крепкие легкие, и мне приходиться их постоянно тренировать. Я делаю ежедневные пробежки, а когда есть время, хожу плавать в бассейн. Особенно помогает плавание под водой с задержкой дыхания.

Поперечная бамбуковая флейта, не помню кем подаренная мне в детстве, тоже оказалась очень полезной. Этот древний китайский духовой инструмент помогает мне управлять дыханием и практиковать разные его виды: грудное и брюшное. Я всегда ношу флейту с собой и играю не ней при любой возможности.

Память мирового океана

Вода хранит в себе все звуки, записывая их вибрации, как магнитофон звуковые сигналы. С помощью ультразвука я могу воспроизводить звучание этих вибраций.

Я случайно обнаружил это, когда пустил слабую ультразвуковую волну на стакан с водой. К моему удивлению, я услышал звонок телефона, а затем свой голос. Я вспомнил, что около часа назад мне позвонили, и я ответил на звонок.

Мне стало любопытно хранит ли вода звуки древности, ведь я всегда увлекался историей и археологией. Я решил проверить это, начав прослушивать воду из разных озер и рек. Однако я улавливал звуки лишь не более столетней давности.

Тогда я предположил, что единственное место, где могут храниться звуки далекого прошлого, – это океан. В него стекают реки, которые улавливали и продолжают улавливать все, что происходит вокруг них на протяжении тысячелетий. Вспомнив, что город Циндао через Желтое море имеет выход к океану, я отправился туда.

Все лето я провел на разных пляжах своего родного города. Целыми днями я слушал звучания, возникающие, когда пущенный мной ультразвук проходил сквозь волны.

Услышанное мной напоминало радиопередачу с фрагментами из старых фильмов: разговоры, выступление ораторов, музыку и пение, шум веселья, крики сражений, стоны раненых, плач, смех и многое другое из жизни людей былых эпох.

Сначала мне было трудно понять ход событий, и кто были те люди, чьи голоса я слышал. Но благодаря возможности многократно прослушивать одну и ту же часть записи, я постепенно разобрался и сделал некоторые заметки.

Теперь я точно знаю, что человек разумный живет на Земле уже миллионы лет. За это время одни цивилизации сменяли другие. Земля, будучи свидетелем множества различных культур, со временем уничтожила следы существования большинства из них.

Современные люди даже не подозревают, что повторяют путь своих предшественников. Жившие здесь до нас цивилизации имели схожие с нашими духовные ценности и научные достижения. Например, как и у нас, их теории о возникновении жизни на Земле сводились к случайному образованию органических веществ из неорганических и последующей эволюции живых существ или объяснялись Божественным началом.

Все цивилизации, когда-либо существовавшие на нашей планете, шли своим путем развития. Большинство их них стремились к научному и техническому прогрессу.

Совершенствование технологий неизменно приводило к росту населения и нерациональному использованию природных ресурсов. Высокоразвитые технологии в руках эгоистических и корыстных политических лидеров часто применялись неправильно, что приводило к экологическим катастрофам на Земле и массовым вымираниям людей вплоть до полного исчезновения.

Были и такие цивилизации, которые истребили себя в междоусобных войнах. Применяя мощное оружие против своих врагов, они уничтожили все живое, в том числе и себя.

Только две цивилизации просуществовали на нашей планете гораздо дольше остальных: цивилизация потров – одна из первых и древнейших на Земле, и цивилизация куньлуньшаньцев – предшественница известных нам древних цивилизаций.

Цивилизация потров

1.

Около миллиарда лет назад на Земле возникла самая первая цивилизация людей. Сначала это были дикие племена. Потом образовались государства. Самое сильное из них сумело завоевать и объединить все остальные, став огромной и единственной империей на планете.

Со временем жители этой империи начали говорить на одном языке, использовать одну валюту и подчиняться единым законам. Все культурные различия среди населения Земли полностью исчезли.

Граждане этого государства называли себя потрами. Обладая уникальным интеллектом, они быстро прошли все этапы человеческого развития – от каменных орудий труда до высоких технологий и покорения космоса. Они смогли накопить обширные знания о микро- и макромире, а также достичь значительных успехов в генной инженерии.

Эпоха потров – это период самых высокоразвитых технологий в мировой истории. Они создавали то, что трудно представить даже современному человеку. Наука и техника позволили потрам достичь того, что не удавалось никому на нашей планете.

Например, внутренние органы и части тела они заменяли на искусственные, по виду и функциям ничем не отличающиеся от натуральных. Эти органы, кожа и кости изготавливали из сверх прочного и легкого материала, который никогда не изнашивался.

Потры могли общаться, передавая и получая информацию напрямую в мозг с помощью микрочипов, встроенных в голову. Искусственные глаза позволяли им видеть сквозь предметы. Протезы рук могли превращаться в любой инструмент и оружие. Ступни-протезы могли заменяться колесами или лыжами, а позже были оснащены турбодвигателями для полетов.

Продолжительность жизни потров значительно увеличилась благодаря замене органов и частей тела на искусственные. Единственное, что не позволяло им жить вечно, – это человеческий мозг. Хотя встроенные в него электронные чипы улучшали интеллектуальные способности человека, ускоряя мышление и усиливая память в тысячи раз, клетки мозга все равно старели и умирали.

При полной замене всех мозговых клеток на искусственные, человек превращался в киборга, теряя способность ощущать боль, страх, радость и другие эмоции. Восприятие реальности притуплялось, а вместе с умирающим мозгом угасал в человеке и дух жизни.

2.

Постепенно материальные блага для потров стали важнее духовных ценностей. Они приняли потребительский образ жизни, не осознавая, что стали паразитами на Земле. Удовлетворяя свои потребности, они наносили огромный ущерб природе и всем живым существам на планете.

Со временем общество потров стало делиться на три класса. Первый класс состоял из людей со здоровыми телами. Они еще не нуждались в замене внутренних органов на искусственные и могли рожать детей. Эти люди занимали вершину иерархии и считались элитой. Их звали Эльпами. Они жили беззаботно, наслаждаясь жизнью во всей ее полноте, не зная ни нужды, ни тяжелого труда. Все остальное общество занималось материальным обеспечением и защитой Эльпов.

С возрастом по мере замены большинства органов на искусственные, человек из элиты переходил во второй класс. Людей этого класса называли Неопотрами. Они полностью подчинялись и служили Эльпам, численно превосходя их во много раз.

Когда в теле совсем не оставалось настоящих органов, а мозг заменялся искусственным, Неопотр становился киборгом и переходил в третий класс. Представителей этого самого многочисленного класса называли Кейпами. Они починались и служили как Эльпам, так и Неопотрам. Кейпы не умирали. Их численность измерялась несколькими триллионами и продолжала постоянно расти.

С течением веков перенаселение и полное истощение планеты привели к ее полному упадку. Начались катаклизмы. Землетрясения и извержения вулканов сделали обитание на Земле не пригодным для жизни. Даже передовые технологии потров не смогли защитить их от столь масштабных природных бедствий.

Сначала потры попытались обосноваться на других планетах с твёрдой поверхностью, вращающихся вокруг Солнца. Однако Меркурий был еще раскаленнее и жарче чем сейчас. Летательные корабли и техника потров очень быстро выходили из строя, что не позволяло создать приемлемые условия для пребывания элиты.

Венера встретила потров более мощными вулканами, чем те, что бушевали на Земле после начала катаклизмов. Марс в те далекие времена тоже был негостеприимен.

Планета, которую сегодня считают наиболее пригодной для колонизации, миллионы лет назад была местом скопления гигантских песчаных бурь и сильных ветров, создававших неприемлемые условия для жизни Эльпов.

В итоге потры приняли решение покинуть Землю и отправиться в открытый космос, в надежде добраться до ближайшей экзопланеты.

Цивилизация куньлуньшаньцев

Много тысяч лет назад на Земле жили люди с удивительной культурой. Они обитали в горах Куньлуньшань, где река Хуанхэ берет свое начало. Эти люди учились всему у природы и стремились жить в гармонии с ней. Они почитали природу как божество, видя в ней прямое проявления Творца.

Этих людей называли куньлуньшаньцами. Они говорили на кантонском языке, питались в основном растительной пищей и круглый год ходили босиком. Эти люди легко переносили холод и зной. Они вставали с рассветом и ложились на закате. Их дни проходили в неустанном труде и учебе.

Со временем куньлуньшаньцы научились развивать свои умственные и физические способности до уровня сверхчеловека. Обрести такие способности можно было только через постоянное самопознание и самосовершенствование. Этот процесс был очень долгим и занимал почти всю жизнь. Куньлуньшаньцы называли его «Путь в Небо».

Путь в Небо делился на три этапа. Первый назывался Этапом смирения и благоденствия. На этом этапе куньлуньшаньцы стремились к духовному очищению и просветлению. Несправедливость, неуважение, ложь, воровство, насилие и жестокость не принимались в обществе куньлуньшаньцев и были исключены для тех, кто встал на Путь в Небо.

Питаться можно было только постной пищей. Мясо, рыба, яйца и другие продукты животного происхождения были под запретом. Обжорство и другие чревоугодия также не допускались. Укрепить дух и тело вставшим на Путь помогали ежедневные физические упражнения и занятия медитацией.

Пройдя первый этап, человек приобретал духовную чистоту и мог приступить ко второму – Этапу познания. Во время его прохождения в человеке начинали открываться способности, которых у обычных людей быть не могло. Природа мудра и раскрывает возможности человеческого тела лишь тогда, когда человек готов использовать их только во благо, не причиняя вреда ни себе, ни окружающему миру.

На Этапе познания человек постепенно отказывался от воды и пищи, так как его тело начинало черпать энергию Земли и Солнца. Это происходило во время медитации. Дыхание и сердцебиение людей, погруженных в транс, становились очень редкими. Постепенно продолжительность состояния без дыхания во время медитации увеличивалось: сначала это были часы, затем дни, а позже месяцы. К концу второго этапа человек мог пребывать в трансе без дыхания больше года.

Куньлуньшаньцы, прошедшие Этап познания, были способны читать мысли других людей, видеть сквозь любые предметы. Они владели гипнозом и телекинезом.

Таких людей называли Познавшими. Они жили в среднем около 150 лет и были смертны. Служа в монастырях, Познавшие были духовными наставниками для тех, кто только решил встать на Путь в Небо. Они также часто вели беседы с теми, кто не хотел вставать на этот Путь, и теми, кто часто сбивался с Пути.

Некоторые из Познавших вели бродячий образ жизни. Они странствовали по белу свету и рассказывали разным людям о своем учении. Образы некоторых из них были запечатлены древнейшими цивилизациями. Так культура Древней Индии донесла до нас учение Будды, а культура Древнего Китая – учение Лао Цзы. Оба они были Познавшими, и именно благодаря им современный мир узнал о некоторых идеях учения куньлуньшаньцев.

Не всем Познавшим, решившим продолжить Путь в Небо, удавалось пройти третий этап – Этап воссоединения. Этот этап заключался исключительно в медитации, которую они проводили в полном уединении. Обычно для этого познавшие уходили высоко в горы. Человек мог пребывать в трансе годами, пока не завершал весь Путь.

Во время длительного транса многие из Познавших умирали, так и не достигнув духовного и телесного совершенства. Смерть тела обрывала их физическую связь с высшим разумом Вселенной, и Путь в Небо оставался не завершенным.

Те же, кому было суждено пройти весь Путь до конца, могли воочию увидеть Творца. Он являлся перед ними в человеческом образе. После встречи с Ним Познавшие духовно и физически трансформировались, превращаясь в сверхлюдей. Им становилось подвластно передвижение в пространстве и времени. Они могли принимать любой облик и превращать одни предметы в другие. Пройдя весь Путь, они продолжали видеть смысл своего существования в служении Творцу.

Сверхлюди, или как их еще называли Сверхи, обитали за пределами Земли, далеко в Космосе, в особом измерении, недоступном обычному человеку. Их нестареющие тела не умирали естественной смертью и обладали огромной мощью. Однако они могли быть уничтожены существами, превосходящими их по силе, или просто собственной волей.

Сверхи были посланниками Создателя и являлись обычным людям в образе духов и вестников. Все древние мифы так или иначе свидетельствуют о Познавших и Сверхах.

Признание в тяжких грехах

1.

Помню, как я учился в старших классах. Из-за моих ушей надо мной подтрунивал весь класс. Я чувствовал себя чужим среди одноклассников и мечтал поскорее закончить школу, поступить в университет и стать археологом.

Как-то раз уже в конце учебного года на уроке истории к доске вызвали Сяо Ли. Учительница попросила его пересказать параграф, заданный на дом.

Сяо Ли вышел к доске и начал рассказывать об Опиумной войне. Он описывал, как иностранные армии оказывали давление на местное население, и как опиум постепенно распространялся по стране, приводя к серьезным последствиям для людей и общества.

Каждый раз упоминая об иностранцах, он бросал на меня вызывающий взгляд. В завершение своего выступления он вдруг показал в мою сторону пальцем и громко сказал:

— Вот такие, как этот, пытались захватить нашу страну, ограничивая свободы наших предков и распространяя опиум. Но у них ничего не вышло. Наш народ выстоял. Мы сохранили свою независимость —

несмотря на многочисленные попытки поработить нас.

Это сильно меня смутило. Было ужасно не приятно слышать такое в свой адрес. Я взглянул на учительницу, но она, похоже, было настолько ошеломлена выходкой Сяо Ли, что не могла вымолвить ни слова. В классе царила мрачная и гнетущая атмосфера.

Мне стало не по себе, но Сяо Ли продолжал и продолжал, словно совершенно позабыв о приличиях. Под конец потеряв всякий стыд, он стал оскорблять моих родителей и насмехаться над моей внешностью, унижая меня перед всеми.

Во мне вспыхнула ярость, которую я больше не мог сдержать. Я страстно пожелал, чтобы Сяо Ли пожалел о каждом слове, сказанном о моей матери и обо меня, и чтобы он познал такие муки, каких не испытал никогда.

2.

Мой уровень владения ультразвуковым голосом был тогда не столь высок. Я не всегда мог точно контролировать силу и частоту волн. К тому же в тот момент я не думал о том, какой вред могу нанести своему однокласснику. Разум мой был затуманен ненавистью.

Глубоко вдохнув и, слегка приоткрыв рот, я выпустил несколько ультразвуковых импульсов в сторону своего обидчика. Через несколько секунд Сяо Ли рухнул на пол, как подкошенный. Тело его стало корчиться от боли, и он застонал. Еще через мгновенье он весь затрясся в судорогах. Вскоре сердце его остановилось, и он затих.

Один из учеников закричал: "鬼鬼! 啊啊啊!4" – и выбежал из класса с истерическим визгом. Остальные сидели как оцепеневшие в гробовой тишине. Будто окаменев, с вытаращенными глазами, они уставились на бездыханное тело, лежащее на полу.

3.

После того случая в школе все стали избегать меня. Со мной никто не хотел разговаривать, меня боялись. Когда я шел по коридору, заходил в столовою или библиотеку, все замолкали. Некоторые сразу убегали. Я часто слышал за спиной, как говорят: «Это идет демон во плоти».

Я всегда сильно сожалел о случившемся с Сяо Ли и корил себя – ведь я лишил его жизни лишь из-за недоброго слова. Теперь мне прекрасно понятно, что его выступление перед классом было всего лишь проявлением юношеского максимализма – грубой, но не злонамеренной попыткой самоутвердиться, пусть и в такой неуважительной форме ко мне.

4.

Я продолжал использовать ультразвук и после смерти Сяо Ли. Не знаю, откуда во мне рождалась эта решимость бороться со злом. Сверхультразвуковыми вибрациями я карал всех, кто лишал людей жизни, причинял другим боль и страдания.

---

4 guǐ guǐ! āāā! – Чертовщина, чертовщина! А-а-а-а! (транскрипция и перевод с кит. яз.)

Запущенные мной сверхзвуковые волны проникали внутрь преступников, поражая их изнутри. Мой ультразвук воздействовал и на сознание, внушая им парализующий страх перед неизбежным возмездием.

Я наказывал даже тех, кто уже находился за решеткой. Мне не нужно было заходить к ним в камеры или даже приближаться к самому зданию. Вместо меня действовал запущенный мной ультразвук. Он становился моими глазами и руками, проходя сквозь стены и любые преграды.

Тогда я был убежден, что за их деяния не может быть прощения. В моем понимании каждый из них заслуживал возмездия, и я считал, что совершаю настоящий акт справедливости.

Сейчас я глубоко раскаиваюсь в содеянном и каждый день молю Бога о прощении. Раньше мне казалось, что, лишая жизни злодеев, я восстанавливаю справедливость. Я не осознавал, что, отвечая на насилие насилием, на жестокость – жестокостью, на убийство – убийством, сам становлюсь злодеем.

Слух, настроенный колокольчиком

В святом писании сказано: «В начале было Слово». Я догадываюсь, что под «Словом» подразумевается звук. Я слышу движение нашей планеты и Солнца в космосе. Звучание исходит ото всюду, даже от молекул и атомов, протонов и электронов. Кровь звучит, когда движется по стенкам кровеносных сосудов.

Вся наша вселенная – это звуки, точнее, энергетические импульсы. Звуки эти мелодичны и напоминают классическую музыку. Это невероятно красиво, но люди способны услышать лишь малую часть из этой божественной симфонии.

В свои семнадцать лет я понял, что могу распознавать чувства и помыслы людей по особым звуковым вибрациям, которые издает их мозг. Это помогает мне выявить преступников.

Когда человек думает о совершении злодеяния, его мозг создает очень хаотичные высокочастотные импульсы. Возможно, это связано с тем, что насилие противоречит человеческой природе, и даже мысли о жестокости вызывают ультразвуковые волны, сильно выделяющиеся на общем звуковом фоне.

Я умею очень точно определить источник этих негативных звуков, даже если они доносятся с других континентов. По силе и частоте звуковых волн мне сразу становится понятно, происходит ли преступление в данный момент или только замышляется.

В свою очередь сердцебиение тоже является одним из самых сильных звучаний во Вселенной, и оно вибрирует в унисон с ее ритмами. Когда я улавливаю нарушение сердечной созвучности с мирозданием, я уже знаю, что где-то случилось несчастье. И если сердце человека, попавшего в беду, еще продолжает биться, я могу найти место, где совершается преступление или произошла какая-либо катастрофа, даже точнее, чем по мозговым вибрациям злодеев.

Осознав, что я обладаю уникальными способностями, я решил направить их на защиту добра и справедливости во всем мире. Я всегда старался попасть туда, откуда исходят самые мощные негативные вибрации мозга или хаотичное биение сердец. Перемещаясь по воздуху, я могу быстро достигать любой точки планеты, где творится зло и несправедливость.

Мною не раз предпринимались попытки остановить злодеяния в любых формах и масштабах – от массовых убийств и глобальных катастроф до военных конфликтов и войн.

Мои постоянные странствия по миру не оставляют мне времени на учебу. Я редко появляюсь в университете и прихожу только на сессии. Сдавать экзамены мне помогает вода. Я наговариваю ответы на бутылку с водой, как на магнитофон. Учителя не замечают моей «шпаргалки», которая все время находится у них на виду.

Встреча с матерью

У человеческого сердца есть еще одна особенность – ритм биения. Этот уникальный сердечный импульс у каждого человека схож с ритмами сердец его родственников и почти не отличается от звучания сердец родителей.

Однажды, находясь в Америке, я услышал звучание сердца своей матери. Это сильно удивило меня, ведь отец говорил, что она умерла при моих родах. Мне захотелось ее увидеть.

Местом, откуда доносились сердечные вибрации матери, оказался двухэтажный особняк где-то под Сан-Франциско. По схожести сердцебиений я понял, что в доме кроме нее были мои дедушка и бабушка, а также двое подростков – ее дети.

Я позвонил в дверь, и через пару минут мне открыла очень красивая женщина с азиатской внешностью. Она приветливо улыбнулась и спросила: «Чем могу помочь?» Ноги у меня сделались ватными – ведь передо мной стояла моя мать, которую я ни разу в жизни не видел.

На вид ей было не больше двадцати пяти лет, но морщинки у кончиков глаз говорили, что ей на много больше. Она была невысокого роста, худощавая, с модной короткой стрижкой. На ней была красная пижама. На безымянном пальце левой руки у нее было кольцо с огромным бриллиантом голубого цвета, а в ушах – маленькие серьги-гвоздики с такими же камнями и оттенком.

После того как я назвал свое имя, и у помянул о своем отце Алексее, улыбка с ее лица сразу исчезла, а в ее глазах мелькнула тревога. Она пристально посмотрела на меня, а потом очень грубо сказала: «Я не знаю кто ты и представления не имею, о чем ты говоришь. Ты меня с кем-то спутал». Закрывая дверь, она добавила: «Еще раз появишься здесь, я вызову полицию».

За дверью было слышно, как она громко кому-то сказала на кантонском: «Бомж какой-то! Совсем обнаглели...»

Постояв какое-то время на крыльце, я побрел прочь. На душе было очень томно, и, понурый, я стал бесцельно слоняться по улицам под моросящим дождем, играя на своей флейте мелодии с грустными мотивами.

Святая нищенка

Через несколько часов я незаметно оказался на окраине города. Дорога, по обочине которой я шел, пересекалась с высокоскоростной магистралью и проходила под ней как маленькая речка под мостом. Участок дороги под магистралью был надежно укрыт от дождя и зноя и служил убежищем для бездомных, разбивших там лагерь из палаток.

У палаток стояло нескольких человек. По виду это были либо наркоманы, либо алкоголики. Рядом с ними в инвалидном кресле сидела пожилая женщина. От их грязной одежды исходил сильно смердящий запах. Еще один обитатель этого места подметал тротуар. По лицам некоторых из них было видно, что они страдают психическими расстройствами.

Немного в стороне от палаток стояли две пластиковые туалетные будки и два контейнера для мусора: один был доверху заполнен стеклянными бутылками, а другой – обычным мусором. Недалеко от контейнеров стояло множество тележек, увезенных из супермаркета. На другой стороне дороги лежала целая груда сломанных велосипедов, а около нее сидел парень и чинил один из них.

Проходя мимо палаток, я вдруг услышал женский голос. Он звучал как-то по-особенному – очень мягко и мелодично. Я повернул голову и увидел девушку, которая разговаривала с одним из бездомных. Я остановился и стал наблюдать за ней. Неожиданно она обернулась и посмотрела мне прямо в глаза. От ее взгляда исходила какая-то необыкновенная энергетика, проникающая глубоко внутрь. От этого взгляда на душе у меня сразу стало тепло и спокойно.

У нее была азиатская внешность: черные миндалевидные глаза, темные прямые длинные волосы, овальная форма лица и стройное телосложение. Чуть ниже центра лба прямо над переносицей у нее была большая родинка, похожая на третий глаз или цветную точку бинди как у индусок. Она была в футболке и потертых джинсах. Ноги ее были босыми.

Позже я узнал, что она ходит по окрестностям, собирает милостыню и приносит ее в такие места, как этот палаточный лагерь, помогая бездомным. Говорили, что она может исцелять словом: будто бы после встречи с ней к умалишенным возвращается разум, слепые начинают видеть, а парализованные встают на ноги.

Некоторые объясняли это тем, что она лечит не тело, а душу, и благодаря этому люди обретают надежду, их жизнь налаживается: черная полоса сменяется удачей, несчастные находят покой и радость, а разочарованные вновь обретают смысл жизни.

Я не мог объяснить себе, как и почему она стала бездомной. Никто не знал, кто и откуда она. Ее трудно было принять за бродягу: у нее были благородная осанка и взгляд, полный мудрости и спокойствия. Одежда ее всегда была чистой, и от нее исходил тонкий благоухающий аромат.

Обычно по пульсу я точно могу определить пол, возраст и состояние здоровья человека. Но ее сердцебиение говорило, что ей больше 12 тысяч лет. Я не мог в это поверить и решил, что ошибаюсь, ведь выглядела она не старше двадцати.

Желание начать другую жизнь

Я все больше и больше виню себя за то, что использовал свои способности не по значению – учился на врача, но при этом калечил и лишал жизни людей, пусть даже и падонков. Я тогда не понимал, что, применяя ультразвук в медицине для лечения болезней, а не для борьбы со злодеями, мог бы спасти гораздо больше людей и помочь миру в искоренении зла и несправедливости простым проявлением любви к ближнему.

Встретив ту девушку в Сан-Франциско, я увидел, что сострадание может творить чудеса, а милосердие исцелять не только душу, но и тело. Что-то во мне изменилось. Я вдруг осознал, что насилие искоренить жестокостью невозможно, и от моих деяний зла на земле не становится меньше.

Я все время думаю о ней и как не пытаюсь, не могу ее забыть. Кажется, я полюбил ее. Я вижу в ней не нищенку, а святую. Безумная идея – все бросить и поехать в Америку, чтобы просто быть рядом с ней и следовать за ней по пятам – не дает мне покою. Я уверен, что она ответит мне взаимностью, потому что слышал, как ее сердце начинало биться быстрее каждый раз, когда она смотрела на меня...

***

Это была последняя запись в дневнике Тима. Упоминание о Сан-Франциско дало Алексею хоть какой-то след. В нем зародилась надежда, что он сможет найти своего сына, и он решил поехать в Калифорнию.

Часть 4 Целитель Шэнь Юнь

Глава 1

Полететь в Америку я смог только через год после того, как нашел дневник. Оформление туристической визы заняло у меня всего несколько месяцев, но, чтобы накопить достаточно денег на поездку и непредвиденные расходы мне пришлось много работать, почти на всем экономя.

Калифорния встретила меня ярким палящим солнцем и приветливыми улыбками. Поселившись в одном из местных отелей, я стал искать описанную в дневнике Тима девушку.

«Найду ее, отыщу и Тима», – решил я, и начал искать ее везде, где обитали бездомные и бродяги города Сан-Франциско. Бомжей в этом мегаполисе оказалось не трудно найти. Их можно было встретить во многих местах, даже в центре города прямо у входов в дорогие фешенебельные магазины на фоне небоскребов.

Палаточных городков с обездоленными и калеками было очень много, но я не терял надежды и решимости. Каждый день я обходил их один за другим, спрашивая местных о босой святой с большой родинкой на лбу. Некоторые говорили, что знают ее, но уже давно не видели. Кто-то упомянул, что в последнее время она всегда приходила с каким-то ушастым парнем.

Не успел я приехать и начать поиски, как по всей стране объявили карантин из-за смертоносного вируса Гофит. Этот вирус был очень опасен и унес жизни миллионов людей по всему миру. Он проникал в тело через дыхательные пути и поражал легкие. Постепенно зараженный начинал задыхаться и умирал.

Чтобы остановить распространение вируса, транспортные сообщения между странами прекратили. Работа учреждений, предприятий, заводов и фабрик была приостановлена. Концерты, спортивные соревнования и другие массовые мероприятия как местные, так и международные, отменили.

Высокая смертность от вируса Гофита держала всех в страхе. Сан-Франциско, как и другие большие города, будто вымер. На улицах, где раньше ходили толпы людей, лишь изредка можно было встретить одинокого прохожего. На дорогах почти не было машин, а большинство жителей не решалось ступить за порог.

Люди неделями сидели дома, как в бункере, осмеливаясь выйти лишь за продуктами, когда заканчивались запасы. Полки продовольственных магазинов пустели через несколько часов после открытия. Все раскупали мгновенно.

Многие просто сходили с ума во время заточения в собственных квартирах. Как позже признавались выжившие, вынести изоляцию было труднее, чем сам вирус.

Со временем люди приспособились к жизни в мире, где царил Гофит. Маска и санитайзер для рук стали неотъемлемыми атрибутами для каждого. Ходить по улице и находиться в общественных местах без маски не разрешалось.

Длиннющие очереди в супермаркеты, куда впускали только по несколько человек за раз, стали привычным явлением. Часами стоять в очереди, чтобы просто попасть в продуктовый магазин, стало нормой.

Глава 2

1.

Как-то в одной из таких очередей, я услышал разговор стоявших передо мной людей. Это были китайцы-иммигранты. Чтобы хоть как-то скоротать ожидание в очереди, я навострил уши и стал слушать их разговор на китайском.

— Этот проклятый вирус поражает и пожилых, и молодых. Умирают те, у кого слабый иммунитет или есть хронические заболевания. В моем родном городе в Китае уже много людей скончалось. Больницы переполнены, врачей не хватает.

— Мне родственники из Китая звонили. Они сказали, нашего деда один целитель спас.

— Какой целитель?

— Говорят, он живет в деревне недалеко от Шэньчжэня. Чтобы попасть к нему, люди выстраиваются в километровую очередь. Он исцеляет больных с тяжелой пневмонией, когда кажется, что уже ничего не может помочь...

Они еще долго разговаривали, но я уже не слушал. История о народном целителе меня сильно заинтересовала, и, достав телефон, я начал искать сведения в Интернете. Оказалось, о нем много писали на китайских сайтах и чатах.

Целителя того звали «神韵 [5]». Писали, что он спасает не только заразившихся вирусом, но даже исцеляет от онкологии и СПИДа. Лечит он бесплатно, никому не отказывая. Многие считали его святым. Но были и такие, кто не верил в эти истории, утверждая, что все это выдумки.

В одном чате кто-то написал, что на китайца Шэнь Юнь совсем не похож, хотя и говорит на путунхуа без акцента. Другой участник добавил комментарий о не обычной внешности врачевателя, упомянув большие, как половинки апельсина уши.

Прочитав это, я сразу догадался, что речь идет о Тиме. Не похожий на китайца, говорящий на путунхуа без акцента, да еще

---

5 shényùn – Божественное звучание (транскрипция и перевод с кит. яз.)

с огромными ушами – это был никто иной как он. Меня это очень обрадовало, ведь теперь я точно знал, где его найти.

2.

Через несколько месяцев ученым разных стран удалось создать вакцину от Гофита. Смертность стала спадать, и вскоре границы между странами снова открылись. Авиарейсы между Америкой и Китаем были возобновлены, и я прямо из Сан-Франциско смог улететь в Поднебесную.

Прилетев в город Шэньчжэнь поздно вечером, я переночевал в маленьком отеле недалеко от аэропорта, а утром поехал в деревню Хунлун, где жил и лечил так называемый Шэнь Юнь. Взять такси или автомобиль на прокат мой скромный бюджет мне не позволял, поэтому добираться до места пришлось на общественном транспорте.

Сойдя на нужной мне остановке, я сразу увидел недалеко от проезжей части огромное скопище народу. Люди медленно двигались колонной по дороге к деревне Хунлун. В этой очереди были и калеки, и старики, и молодые. У многих были дети на руках. Тяжело больных и тех, кто был при смерти, везли на креслах-каталках.

Присоединившись к колонне, я вместе с остальными двинулся к деревне, до которой было еще несколько километров. За несколько часов ожидания я продвинулся от места, где вышел из автобуса, не более, чем на сто метров. Позади меня уже тянулась длинная очередь людей, прибывших позже.

К вечеру, медленно продвигаясь за впереди стоящими, я заметил вдали дом, к которому тянулась очередь. Это был дом Шэнь Юня. Время от времени оттуда доносилась игра на флейте. Подойдя ближе, я наконец смог увидеть и самого целителя.

У него были длинные волосы с проседью, завитые в косу, свисавшую до пояса. Суровое с глубокими морщинами лицо было гладко выбритым и покрыто сильным загаром. Он был в черном спортивном костюме и белых кроссовках с черно-синими полосками по бокам. Узнать в нем своего сына я смог не сразу.

Тим принимал больных прямо на крыльце своего дома. Говорил он очень быстро и коротко. Лечение каждого пациента у него занимало не больше 2–3 минут. Он приоткрывал немного рот, издавая при этом еле слышный визг, похожий на писк дельфина. Отпустив одного, он сразу звал следующего.

Когда в очереди передо мной оставалось всего несколько человек, Тим вдруг посмотрел на меня без всякого удивления, будто зная, что я приду. Он долго и пристально смотрел мне в глаза, а потом перевел взгляд обратно на своего пациента и продолжил работу.

Наконец, подошла моя очередь, и мы оказались лицом к лицу. Я не смог сдержаться и улыбнулся ему во весь рот. Тим же без улыбки, холодно и тихо произнес по-русски: «Заходи в дом». Затем он обратился к стоявшим за мной в очереди: «Извините, сегодня больше не принимаю. Приходите завтра». Как только я вошел, он последовал за мной и закрыл дверь. Мы обнялись, и у обоих на глаза навернулись слезы.

Глава 3

1.

Тим сильно изменился. От его образа, что я хранил в памяти долгие годы, не осталось и следа. Прежняя заносчивость и важность тоже исчезли, как и его очки. Он вел себя очень просто и расковано. Все его движения поражали своей легкостью и спокойной размеренностью. Лишь только глаза резко выделялось на фоне его умиротворенного облика с легкой улыбкой – в них можно было разглядеть большую печаль.

– Вот так почти каждый день! – Вдруг оживленно заговорил Тим, – не успеешь вылечить одних, как приходят другие. Такое чувство, будто я воду из тонущей лодки вычерпываю, а вода все прибывает и прибывает.

– Молодец, сын. Не зря люди тебя святым называют. Но отдыхать все равно не забывай. Других вылечишь, а себя... – Не успел я договорить, как из соседней комнаты вихрем примчались два малыша, громко крича: «Папа, папа!» Они подбежали к Тиму и обняли его с обеих сторон, крепко прижавшись к его ногам. Ростом они едва достигали до его пояса, поэтому могли обхватить только за ноги.

Это были двойняшки – мальчик и девочка, которым было не больше пяти-шести лет. С темными волосами, смуглой кожей и карими глазами они были очень похожи на Тима. У них были такие же большие уши, как у него самого.

«Ну-ка ребятки посмотрите, кто к нам в гости приехал! Это ваш дедушка из России. Я вам про него много рассказывал,» – обратился Тим к малышам на русском. Они посмотрели на меня и совершенно оробели.

«Здравствуйте! Дедуля к вам в гости приехал», – попытался я начать разговор. Но как я не старался, они продолжали молчать, глядя на меня своими большими глазами.

– Стесняются, – все с той же улыбкой сказал Тим, а потом добавил, – ладно, пойдемте ужинать, – и повел нас всех на кухню.

2.

После ужина Тим пошел с малышами в детскую укладывать их спать. Я же стал убирать со стола, а затем взялся за мытье посуды. Когда я закончил, в доме стало так тихо, что можно было слышать, как за окнами стрекочут цикады и щебечут птицы.

Тим все еще не возвращался, и я решил осмотреть дом. Было видно, что в нем только не давно завершили ремонт: полы, стены и окна сверкали новизной и чистотой. Кухня с гостиной были обставлены дорогой мебелью и современной бытовой техникой.

В прихожей на полу стояли одна на другой упаковки пятилитровых бутылок с питьевой водой. Рядом лежали коробки с фруктами: бананами, яблоками, апельсинами, лимонами и киви. На полках кухонных шкафов были консервы, стеклянные контейнеры с крупами и орехами. Двустворчатый холодильник был забит едой и продуктами.

В гостиной был полумрак. На одной из стен на высоте около двух метров была прикреплена деревянная резная полка темно-бордового цвета. На ней стояла небольшая статуя будды, чаша с фруктами, ваза с горящими благовонными палочками. По краям полки были расставлены несколько маленьких электрических лампад в виде китайских красных фонарей, излучавших мягкий свет. В комнате царила прохлада, наполненная ароматом благовоний, как в буддийском храме.

В противоположном углу комнаты на такой же высоте висела еще одна подвесная полка. На ней стояла православная икона Николая Чудотворца, а рядом лежала Библия. Около иконы ютился небольшой подсвечник с тремя догорающими восковыми свечами. Увидев разные алтари в доме, я вдруг вспомнил фразу: «Все религии учат об одном и том же Боге, называя его разными именами». Сам того не заметив, я погрузился в размышления.

Пока я мыслил о единстве бытия, Тим очень тихо вышел из детской. Заменив свечи в подсвечнике православного алтаря, он зажег их. Затем он встал напротив иконы и начал молиться. Заметив его, я решил ему не мешать и вышел на кухню.

На стене, рядом с кухонным столом, весела картина с изображением гор и спускающейся с них реки, над которой повисла белая шапка тумана. Китайская живопись придавала кухне особую атмосферу загадочности, пробуждая во мне давние воспоминания.

Когда-то там в Поднебесной я занимался каллиграфией и посещал музеи с картинами великих древних мастеров. Все их работы воспевали бессмертие природы в образе гор и указывали на духовную пустоту людей, которую можно было заполнить лишь созерцанием этой природы.

У подоконника стояли две деревянные подставки, на которых лежал старинный музыкальный инструмент – гуцинь. На его продолговатом деревянном корпусе длиной 120 см и шириной 20 см были натянуты семь шелковых струн.

Я знаю, что играть на нем очень не просто: красивые звуки рождаются, когда пальцы левой руки нажимают и вибрируют струны, а правая рука касается их на другой стороне, напоминая технику игры на гитаре.

В древности с помощью гуциня люди успокаивали душу и подавляли в себе низменные инстинкты. Его звучанием наслаждаются уже многие тысячелетия.

На гуцинь были наклеены две небольших фотографии с изображением молодой китаянки. На одном фото девушка сидела за кухонным столом и смеялась, держа в руке палочки для еды. На столе перед ней стояло много разных блюд. Фотография была сделана здесь, на этой кухне. На другом фото та же девушка играла на гуцине. По большой родинке на лбу я догадался, что это была Эн.

3.

Через какое-то время на кухню вернулся Тим и предложил выпить чаю, на что я охотно согласился. Он включил газовую плиту и поставил на нее большой металлический чайник. Когда вода в нем закипела, он ополоснул кипятком фарфоровые чашки и маленький заварник из темно-красной исинской глины. Поставив чайник обратно на плиту, он достал из шкафа металлическую баночку с красивой этикеткой и иероглифами «

大红袍 [6]». Насыпав немного темно-зеленных чайных шариков в заварник, Тим подождал, пока вода в металлическом большом чайнике немного остынет, и залил ее в заварник, закрыв крышкой.

«В заварниках из исинской глины есть поры, благодаря которым чай при заваривании может "дышать". Это придает напитку особый вкус», – вспомнил я слова учительницы, знакомившей наш класс с чайной церемонией много лет назад в Китае.

Подождав не более 20 секунд, Тим начал разливать чай по чашкам, сначала в мою, а потом в свою. Я знал, если настоять чай чуть дольше, он станет слишком крепким и горьковатым. Такой уж своенравный этот улун, один из самых известных сортов чая в Китае.

Во время чаепития Тим много рассказывал про своих пациентов, их болезнях и лечении. О том, как после чудесного исцеления многие приносили деньги, подарки, предлагали любую помощь. «Все, что в доме и холодильнике, да и сам дом – это дары людей, в знак благодарности. Я отказываюсь и даже запрещаю, что-либо приносить, но они все равно несут», – говорил он со скромной улыбкой. Меня же опять больше удивляло не то, что он рассказывал, а перемены в нем. Раньше из него двух слов не вытянешь, а теперь я не успевал вставить и слова, как он уже продолжал что-то рассказывать дальше.

4.

«Это их мама?» – спросил я Тима, показав глазами на фотокарточки Эн, когда он стал заваривать чай второй раз. Тим быстро посмотрел на меня, а потом перевел взгляд на гуцинь. Посмотрев на снимки, он улыбнулся. Мне же в ответ он только кивнул.

Наступило неловкое молчание, которое через какое-то время Тим прервал своим новым рассказом: «После того как мы поженились, я предложил ей уехать из Америки. Мне там не нравилось. Меня все время тянуло обратно в Китай. Эн долго не хотела переезжать, но, когда у нас родились Ян и Яна, я убедил

---

[6] dàhóngpáo – *"Большой красный халат", сорт китайского чая, выращиваемый в горах Уи, пров. Фуцзянь (транскрипция и перевод с кит. яз.)*

ее, что жить с детьми в Китае будет намного дешевле и безопаснее, и она согласилась.

После переезда я занимался лечебной практикой, Эн же большую часть времени проводила дома с детьми. Она стала прекрасной матерью. Малыши ее обожали и во всем ее слушались. Они очень любили играть с ней и с удовольствием слушали ее сказки.

Как-то раз я вместе с ней укладывал малышей, и когда она рассказывала одну из своих сказок, мне показалось, что я где-то это уже слышал. Сказка была о древних людях, живущих на земле за долго до нас. Они обитали в горах, почитая свои обычаи и имея тесную связь с природой. Но главное, эти люди знали, как стать сверхчеловеком и обрести бессмертие пройдя три этапа Великого Пути в Небо.

– Куньлуньшаньцы, – произнес я.

– Да, – продолжил Тим, – и в некоторых ее других сказках я услышал то же, о чем поведал мне океан. Когда я спросил, откуда она берет эти истории, она ответила, что видела это в своих снах.

– А о себе она что-нибудь рассказывала?

– Рассказывала, но очень мало. Как-то раз она обмолвилась, что ее воспитали и вырастили дед с бабкой, а своих родителей она никогда не видела. Помнила она только некоторые фрагменты из своего прошлого, что дед звал ее Эн, и что бродяжничать она начала, когда деда с бабкой не стало.

– Где она сейчас?

– Пропала. Она будто испарилась. Я искал ее везде, но все было тщетно.

– И давно это случилось?

– Уже как больше года прошло.

Тим стал мрачным и не обронил больше ни слова. Он о чем-то задумался, совсем позабыв о моем присутствии. Я допил свой чай и пошел прилечь на диване в гостиной, оставив его одного.

Пробыв в гостях у Тима почти месяц, я уехал обратно в Россию. Тим тогда пообещал приехать с малышами ко мне в гости и встретить вместе Новый год. Но этому не суждено было сбыться. Насекомообразные появились на нашей планете 24 декабря 2046 года.

***

На этом заканчивается повествование очевидца последних дней на Земле. Его дальнейшая судьба окутана тайной. Но история не прерывается — в последующих главах читателю предстоит узнать о последних событиях на Земле и о судьбах его сына, Эн и других героев.

Часть 5 Сновидения Эн

Вступление

Когда Алексей спросил про Эн, Тим почувствовал, что его душевная рана вновь стала кровоточить. Как он не пытался излечить душу ежедневной работой и заботой о детях, боль от потери любимого человека не затихала. Он просидел на кухне до самого утра, думая об Эн. Единственное, что у него от нее осталось – это воспоминания, и в них он провел всю ночь.

Эн любила по вечерам играть на гуцине. Каждый раз, когда она бралась за этот музыкальный инструмент, он тихонько садился около нее и слушал. Перебирая струны и наигрывая какую-нибудь красивую китайскую мелодию, она начинала рассказывать что-нибудь из своих снов, всегда заводя рассказ такими словами:

– Ты знаешь, что я почти ничего помню о своей жизни. Как ни стараюсь, из прошлого всплывает только одна картина из детства: раннее утро, я еще совсем маленькая, помогаю своему дедушке в саду сажать молодые саженцы деревьев и внимательно слушаю его слова: «Людям, казалось бы, самым разумным творениям на Земле, редко удавалось обрести гармонию с Природой. Они часто нарушали ее законы, и за это она наказывала виновных, обрушивая на них всю свою мощь: катаклизмы, засухи и наводнения. Когда природа гневалась, то не щадила никого, и все живое погибало. После этого должно было пройти много миллионов лет, чтобы планета могла восстановиться, и на ней вновь зародилась жизнь. И все опять повторялось сначала – снова начинали расти травы и деревья, появлялись простейшие живые существа, а затем животные и люди. Вновь образовывались города и страны с различными культурами, языками и знаниями. Так уж суждено на этом свете – жизнь на Земле появляется и исчезает. И так без конца».

– Во сне же я вижу разных людей и точно знаю их имена, всю историю их жизни. Все это предстает передо мной так ясно, словно происходит наяву. И каждый раз, вспоминая сны, мне кажется, что я уже видела все это когда-то в прошлом или, возможно, в другой жизни.

Затем она начинает новую историю, напоминающую сказку или предание о том, что происходило на Земле очень давно, о далеких народах и забытых героях.

Эн поведала Тиму многое из прошлого Земли, чего не было запечатлено мировым океаном. Будто бы сама Природа или Творец по какой-то причине не желали их помнить.

История первая Эрьгос

– Эрьгос был рожден в эпоху куньлуньшаньцев. Он был одним из тех, кто прошел все 3 этапа Пути развития и стал Сверхом. Он завершил Путь в Небо очень легко и довольно быстро. Став служить Богу, он выделялся среди остальных Сверхов своей особой добротой и любовью к людям.

– Создателю это очень нравилось, и он сделал Эрьгоса самым приближенным к себе. Он стал полностью доверять ему и полагаться на него, как на самого себя. Со временем Творец открыл этому Сверху многие тайны Вселенной и наделил ещё большей силой.

– Но Эрьгос вскоре возгордился. Он захотел, чтобы все узнали о его могуществе. Втайне от Бога Эрьгос стал спускаться на Землю. Обладая безграничной властью, он начал использовать свои сверхспособности на Земле в корыстных целях.

– С помощью обмана и хитрости, Эрьгос за спиной Вседержителя, создал на Земле свое царство и стал его правителем. Но и этого ему оказалось мало, и он захотел, чтобы куньлуньшаньцы и другие народы принимали его за истинного Царя Небесного.

– Эрьгос пообещал даровать сверхспособности всем куньлуньшаньцам, даже тем, кто вовсе не хотел вставать на Путь развития или проходить весь Путь. Чтобы стать сверхчеловеком, им нужно было лишь преклониться перед ним, отрекшись от истинного и всемогущего Творца.

– Куньлуньшаньцы-Познавшие не одобрили это. Они говорили, что развитие сверхспособностей у людей, не прошедших всего Пути приведет к нарушению баланса и законов Природы. Но Эрьгос смог ввести во искушение многих даже среди Познавших. Его речь была так сладка, а обещанные сверхспособности так велики, что многие поддались соблазну.

– Уже ставшим Сверхами куньлуньшаньцам до начала правления Эрьгоса на Земле, он пообещал, что их сверхспособности не исчезнут, даже если они будут нарушать правила Пути в Небо.

– В итоге многие куньлуньшаньцы склонились перед Эрьгосом. Было среди них и не мало Сверхов. Всех куньлуньшаньцев, последовавших за ним, нарекли отвергнувшими Творца (Отами). Эрьгоса же стали величать Желтым императором Хуанди.

История вторая Оты и их дети

– Все Оты имели атлетическое телосложение и красивую внешность. У Мужчин-Отов головы, лица и тела были гладко выбриты. Длинные волосы на голове носили только Женщины-Оты. Оты гордились своими красивыми телами и хотели, чтобы простые смертные видели их совершенство. Поэтому, в отличие от Сверхов, их фигуры на Земле по собственной воле не излучали ослепительного света, и обнаженные тела оставались хорошо различимы невооруженным глазом.

– Они стали жить в разных странах, но большая их часть поселилась на горе в центре Северного полюса. На месте, где в наше время под толщей льда лежит Ледовитый океан, была суша. На ней стояла гора Меру высотой около 3 км. Погода там была теплой. Цвели каштаны, магнолии и кипарисы.

– Живя в мире обычных людей, Оты не соблюдали никаких законов и вели распутный образ жизни. Все свое свободное время они проводили в своих замках и предавались всевозможным наслаждениям и утехам. Как и было обещано Эрьгосом, их сверхспособности никогда не исчезали.

– Мужчины-Оты и Женщины-Оты испытывали взаимное влечение, которому невозможно было противиться. Но всякая их близость завершалась трагедией: при соприкосновении их душ и тел высвобождалась колоссальная энергия, разрушающая их самих. Их тела воспламенялись и исчезали в ослепительном свете. Такова особенность тел сверхлюдей. Единственными, с кем Оты могли вступать в связь и воссоединяться в любви, оставаясь невредимыми, были обычные люди.

Эсохи

– Простые женщины, соблазненные Отами, рожали от них детей, которых называли Эсохами. Эти малыши обладали даром ясновидения, могли видеть прошлое, предсказывать будущее, гипнотизировать и читать мысли.

– Эрьгос, узнавав об этом, стал отправлять таких детей жить и служить в храмы, воздвигнутые в его честь. Вырастая, Эсохи становились жрецами этих храмов.

– Жрецы-Эсохи всегда носили белые мантии с капюшонами, скрывающими их головы. Они общались только с правителями государств и членами их семей. Сакральные знания о мире и истинном Боге Эсохи хранили в строжайшей тайне. Обычным людям запрещалось обращаться к ним и даже находиться рядом с ними в одном помещении. Достигнув старости, Жрецы-Эсохи умирали, не оставляя потомства. Их заменяли молодые служители, и так повторялось снова и снова.

– Эсохи, рожденные в разных странах и на различных континентах, толковали веру в Эрьгосе как в истинного Творца, исходя из культуры и традиций местных народов. Его образ и имя, архитектура храмов в его честь, а также усыпальницы правителей в разных уголках мира отличались друг от друга, но при этом в них всегда можно было уловить нечто общее.

– По велению Эрьгоса Эсохи скрывали то, что обычные люди могут обрести сверхспособности через самопознание и самосовершенствование. Все сверхъестественное приписывалось исключительно Эрьгосу и другим созданным им божествам. Это делалось для того, чтобы люди верили в свою слабость и беспомощность, были легко управляемы, а, главное, оставались далеки от истинного Вседержителя.

– За прославление Эрьгоса по всему миру он взял Эсохов под свою опеку. При рождении каждому из них он стал дарить небольшой каменный колокольчик в виде фисташки.

– Один из тех колокольчиков я видела у тебя и сильно этому удивилась, – произнесла Эн, сделав небольшую паузу в игре на гуцине и посмотрев на Тима. Потом она снова продолжила наигрывать тихую мелодию и рассказывать:

– Колокольчики были созданы, чтобы научить обычного человека слышать и управлять сверхультразвуком. Эсохи легко обучались этому благодаря уникальной фонетике кантонского языка, который они знали от своих отцов. Звучание этого языка по своей природе очень похоже на сверхультразвук. Умение произносить звуки в разных тональностях помогало Эсохам освоить технику издавания сверхультразвука.

– С самого раннего возраста Эсохи носили на шее колокольчики на золотой нити и никогда их не снимали. Пока костные ткани и хрящи малыша были мягкими и податливыми, детское ухо под воздействием ультразвука принимало нужную форму, позволяющую воспринимать сверх частоты. Уши Эсохов становились похожими на половинки апельсина.

После этих слов она снова остановилась и посмотрела на Тима, а потом стала рассказывать дальше:

– Когда ребенок начинал слышать сверхчастотные звуки, он постепенно учился как их применять. С помощью сверхультразвука дети начинали общаться между собой на расстоянии, а также обращаться к своим отцам и Эрьгосу, когда тех не было рядом.

– С возрастом Эсохи доводили навыки владения сверхзвуком до совершенства. Они использовали его в строительстве, перемещая огромные каменные глыбы весом в сотни тонн. Сверх частоты применялись как лазер для резки и распила камней гигантских размеров, словно нож режет масло. Ультразвук позволял шлифовать массивные каменные плиты настолько гладко, что стыковка была безупречной, и между ними невозможно было просунуть даже иголку.

– Три-четыре Эсоха могли возвести храм, гробницу или другое сооружения всего за пару месяцев. Никто из простых смертных не мог понять, как нескольким служителям удавалось за столь короткие сроки создать то, что обычные люди не смогли бы построить, даже за десятки лет, задействовав сотни тысяч работников.

– Все это было возможно благодаря тому, что сверхультразвук обладает огромной мощью и способен разрушать любой материал. Он может проходит сквозь предметы различной плотности, отражаться от них и распространяться как прямолинейно, так и по спиралевидной траектории. Только человеческий разум способен контролировать и использовать силу звука в качестве инструмента или оружия.

– Постройки Эсохов простояли многие тысячи лет и сохранились до наших дней. Египетские пирамиды, Стоунхендж в Англии, Мачу-Пикчу в Перу, Пума Пунку в Боливии, Теотиуакан в Мексике, а также дольмены в Корее, на Кавказе, Урале и в Европе – все это дело рук Эсохов.

Атланты
– Женщины-Оты очаровывали моряков, находившихся долго в плавании. Многим мореплавателям издалека казалось, что у коварных красавиц вместо ног огромный рыбий хвост. Забеременев от матросов, Отки не хотели иметь детей и пытались избежать материнства. Однако их тела были уникальны, и жизнь, зародившаяся внутри, не могла быть прервана в утробе матери. Из-за этого Откам приходилось вынашивать плод и рожать.
–У них не поднималась рука лишить жизни свое новорожденное дитя, поэтому они тайно подбрасывали младенцев аборигенам, жившим на не больших южных островах рядом с Антарктидой.
–Поскольку внутри женщины-сверхчеловека все биологические процессы протекали по-другому, рожденные ими дети развивались и росли намного быстрее, чем обычные младенцы. Они вырастали очень высокими до трех с половиной метров и имели могучее телосложение. Сверхспособностей они не имели, но отличались неслыханной физической силой и высоким интеллектом. Эти гиганты известны в истории Земли как атланты.
– В одном из древних египетских храмов города Саис хранятся записи о том, как атланты образовали свое государство. Оно находилось на острове, расположенном между Европой и Антарктидой. Египетские тексты запечатлели, как атланты совершали военные походы на прибрежные страны Восточного Средиземноморья, Египет и Афины.
– Когда Эрьгос узнал об атлантах, он явился пред ними с дарами в обмен на поклонение. Но дети оток не признавали никаких богов и отвергли его предложение. Эрьгос вознегодовал. Он потопил их огромный остров, что находился где-то в Атлантическом океане. Выжившие атланты перебрались на

южный полюс и укрылись в горах Антарктиды, но Эрьгос настигнул их там и устроил кровавую бойню.

— Женщины-Оты, не выдержав ужасающей картины истребления своих детей, взмолили Эрьгоса о пощаде. Он оставил в живых немногих уцелевших атлантов, но запретил им контактировать с народами, поклоняющимися ему.

— После случившегося атланты стали вести скрытный и очень осторожный образ жизни. Живя в затворничестве на берегах Антарктики, они достигли больших успехов в науке и технике. Все НЛО и летающие тарелки, замеченные в наше время, являются результатом деятельности атлантов.

После этого рассказа Эн заплакала. Она предчувствовала, что их ждет что-то ужасное, и все они погибнут. Эн не могла увидеть в своих снах, что атланты будут одними из первых, кто встанет на защиту Земли против насекомообразных в 2046. Но численное превосходство врагов приведет к полному уничтожению атлантов.

История третья Эра правление Эрьгоса

– После того как предатель Бога вместе с Отами спустился на Землю, жажда власти и величия окончательно ослепили его, а вседозволенность омрачила его сердце. Любимчик Творца изменился. По его велению Оты творили произвол и злодеяния, заставляя людей страдать и жить в постоянном страхе. Даже те, кто повиновался его законам и миропорядку, не знали, за что Эрьгос или его приближенные могут разгневаться и на кого обрушат свой гнев.

– С помощью Эсохов Эрьгос возводил на трон угодных ему людей и помогал им управлять своими государствами. По его велению правители вели бесконечные войны, эксплуатируя и угнетая свой народ.

– Эрьгос потворствовал любому проявлению зла, жестокости и разврата. Казалось, он хотел искоренить все законы и миропорядок, созданные Творцом. Злодей заставлял Отов искать и уничтожать народы, которые стремились к внутреннему развитию и пытались распространять принципы добра и справедливости.

– Он обещал фараонам и императорам, что после смерти они продолжат властвовать в потустороннем мире над всеми, кто был подчинен им при жизни. Для этого Эсохами строились усыпальницы, которые служили порталами в потусторонний мир.

– Когда тело правителя оставляли в усыпальнице, его душа проходила через портал и оказывалась в загробном мире, где находила все, что было у покойного властителя при жизни. Туда же попадали души всех, кто был его рабом или слугой.

– Многие храмы, возведенные Эсохами, были местом, где цари, фараоны и императоры могли лично встретиться с Эрьгосом и говорить с ним напрямую без посредников. При встрече с правителями Эрьгос менял свой облик, становясь таким каким его изображали и представляли эти люди.

– Но среди куньлуньшаньцев оставалось не мало людей, кто не пожелал поклониться Эрьгосу. Они продолжали чтить Природу и Создателя, соблюдая их законы. За это большинство из них были перебиты Отами. Чудом уцелевшие куньлуньшаньцы скрывались там, где удавалось найти убежище и хоть какое-то укрытие.

История четвертая Неповиновение Рокана

– Эсохи прекрасно понимали, что Эрьгос – лжец. Они догадывались, что благодаря его хитрости и чарам Создатель не знает, что происходит на Земле. Они осознавали, насколько велика и могущественна Природа, что даже Эрьгосу и Отам с их сверхспособностями не под силу было подчинить ее.

– Эсохам была чужда несправедливость в обществе народов, поклоняющихся Эрьгосу. Их огорчали безнравственные устои, корыстные и меркантильные принципы, утрата человеческой доброты, честности и любви к ближнему среди людей. Они искренне скорбели по тем, кто не последовал за Эрьгосом, не признав его власти, и погибли.

– Втайне от Эрьгоса и Отов Эсохи стали помогать обычным людям. Расписывая стены храмов и усыпальниц картинами и текстами о подвигах правителей, они включали в них элементы знаний о математике, химии и астрономии. С помощью гипноза Эсохи пытались вразумить правящую элиту. Людям с добрым сердцем, стремившимся помочь своему народу избавиться от страданий, Эсохи телепатически передавали знания о медицине, мореплавании, сельском хозяйстве и ремеслах.

– Они не решались открыто воспротивиться воле Эрьгоса. Но однажды на полуострове Юкатан в Центральной Америке один из Эсохов по имени Рокан подговорил своих соратников проявить неповиновение. Это случилось на вершине одной из пирамид во время массового жертвоприношения в честь Эрьгоса.

– Как обычно во время летнего солнцестояния во всех храмах Эрьгоса по всей планете совершался кровавый ритуал вырезания сердца из живых людей. Начиная с востока, ровно в полдень по всей планете, в каждом храме один за другим раздавались голоса обреченных жертв. В унисон им Эсохи с помощью ультразвука произносили восхваление Эрьгосу, создавая мощный поток негативной энергии. Этот поток последовательно распространялся с востока на запад, пока Солнце находилось в зените.

– Эрьгос получал огромное удовольствие от поглощения такой энергии. Он впадал в экстаз и долгое время пребывал в состоянии блаженства. Однако на этот раз, находясь в своем нефритовом замке в горах Куньлуньшань, он ощутил, как поток негативной энергии иссяк раньше обычного, оставив его неудовлетворенным.

– Неподвижно паря в позе лотоса на высоте одного метра над полом просторного зала своей обители, Эрьгос открыл глаза и прислушался. Затем он стремительно вознесся высоко в небо и, оставаясь в той же позе, медленно полетел на запад.

– Внимательно осматривая свои храмы и пирамиды на земле, он заметил, что на одной из пирамид жертвы не были умерщвлены. Все они вместе с Эсохами стояли на коленях. Их взоры были устремлены в небо. Поднимая перед собой руки, они молили: «О Великий, спаси нас от злого духа и демона во плоти. Прости нас за грехи наши!»

– Эрьгос сразу разгадал их план воззвать к Создателю, и ярость овладела им. Он камнем упал на вершину той пирамиды прямо в гущу людей, раздавив нескольких из них. Под его ногами тела обратились в бесформенные кровавые лепешки. Затем он начал вырывать сердца у молившихся и поглощать их. Когда он это делал, сердца жертв в его руке еще подрагивали, словно не желая угаснуть.

– Весь перемазанный Эрьгос стал оглядываться вокруг в поисках Эсохов. Заметив одного из них, демон, взвившись в воздух, метнулся к своей жертве. Подлетев, он схватил его одной рукой за горло. Приподняв жертву и приблизив к себе вплотную, Эрьгос заревел нечеловеческим голосом. Несчастный, перебирая ногами по воздуху, поседел от страха. Демон же засмеялся и прохрипел: «Ты посмел усомниться во мне?»

– В этот момент Рокан, стоявший позади них, завизжал и пустил сверхзвуковую волну в спину Эрьгоса. Мощный звуковой удар пошатнул демона. Не выпуская поседевшего Эсоха, демон повернулся и увидел стоящего во весь рост Рокана.

«Так это ты все затеял», – прошипел Эрьгос и через мгновенье он оказался прямо перед смельчаком. Схватив Рокана за горло свободной рукой и также оторвав его от земли, как и первого Эсоха, Эрьгос засвистел сверхультразвуком, который начал сдавливать головы его жертв. Оба Эсоха

застонали от боли. Кровь потекла из их носов, потом из ушей, а позже из глаз. Эрьгос же продолжал издавать ультразвук. От невыносимой боли Рокан завизжал. Его визг перешёл в сверхзвук. В полузабытьи страдалец сверхзвуком произнес на языке Юэ: "Отец Небесный, Спаси..."
– Эрьгос надменно засмеялся. Но вдруг сверху над ним раздался очень спокойный и мягкий голос на том же языке: «Остановись, брат». Эхо этой фразы раздалось еще несколько раз. Голос на фоне творящегося ужаса прозвучал настолько контрастно, что злодей невольно посмотрел вверх.

История пятая Битва Сверхов с Отами

– Подняв голову, Эрьгос увидел в небе трех парящих Сверхов. Глядя на них, глаза его налились желтым цветом. Он на мгновенье опустил голову и будто задумался. Но затем он опять посмотрел на них и выпустил из глаз мощный лазерный луч желтого цвета. Трое Сверхов тут же исчезли, увернувшись от лазера.

– Эрьгос не попал в Сверхов, но тут же начал бойню всех, кто был на вершине пирамиды. Он пускал пучки лазера, испепеляя тех, в кого попадал. При этом полуживого Рокана и второго Эсоха он все также не выпускал из рук.

– Неожиданно три Сверха появились в небе снова. Находясь по разные стороны от разбушевавшегося демона, они одновременно выпустили в него три мощные ультразвуковые волны. Первая ударила ему в голову, и желтый цвет в его глазах сразу исчез. Вторая хлестнула его по рукам, заставив его разжать их и выпустить Эсохов. Третья сбила его с ног, но, падая, он успел сгруппироваться и начать контратаку.

– Завязался бой. Несколько Отов, что были неподалеку, тут же пришли Эрьгосу на помощь. Очень скоро все три Сверха были убиты. Разъяренный Эрьгос начал разрывать их мертвые тела на куски и разбрасывать в стороны, а Оты тем временем добивали оставшихся в живых Эсохов и простых людей.

– Вдруг на землю стали спускаться другие Сверхи. Они тоже услышали мольбу Рокана, но решились самовольно спуститься на Землю без повеления Творца только после убийства трех Сверхов. Только что появившиеся Сверхи сначала попытались заговорить с душегубами и остановить их мирным путем, но те ответили нападением. Началась битва, в которую постепенно втягивалось все больше участников с обеих сторон.

– От боевых действий сверхлюдей Земля задрожала, ведь разрушительная сила их сверхспособностей было очень велика. В очередной раз наша планета оказалась окутана ужасом и террором.

– Сражение Сверхов с Отами напоминает мне предания о битве богов, запечатленные древними народами. Многое из того, что я видела во сне, находит отражение в эпосах Древней Индии: как боги управляли природными стихиями, испускали лазеры, вызывали огромные вихри и метали мощные взрывные импульсы, как горела Земля, и обугливались скалы. Кстати, я выясняла недавно, что в древнем городе Мохенджо-Даро до сих пор можно найти расплавленные камни, подвергнутые очень высоким температурам в результате тех боевых действий.

– Сверхи могли пользоваться сверхспособностями в материальном мире ограниченное время. Им нужно было отдыхать и пополнять силы, иначе их сверхспособности начинали ослабевать, что объяснялось законом сохранения баланса в материальном мире. Только после отдыха в бестелесном пространстве сверхспособности Сверхов восстанавливались, и они могли вернуться в земной мир продолжить бой.

– В той битве часто случалось, что сверхспособности у Сверхов исчезали прежде, чем они успевали вернуться в потусторонний мир. Продолжая сражаться в теле уже обычного человека, они получали тяжелые ранения или погибали.

– Сверхспособности Отов же не исчезали. Более того, они вели бой, применяя различные хитрости и подлые трюки. Они использовали простых людей в качестве живого щита, уничтожали женщин и детей, используя их в качестве приманки. Сверхи, жертвуя своими жизнями, пытались спасти слабых и неповинных людей, но часто терпели неудачу, погибая или попадая в плен, где умирали от жестоких пыток Отов.

– Сражение длилось несколько дней и ночей. Все это время сверхлюди с обеих сторон яростно истребляли друг друга.

– Но постепенно ряды Сверхов стали редеть, и они взмолили Создателя о помощи.

История шестая Гнев божий

– Бог услышал мольбу и стоны, доносящиеся с Земли. Сначала он подумал, что ему это показалось. Но когда он прислушался, то ужаснулся. Это были стенанья на последнем издыханье верных ему Сверхов. Вместе с ними доносились предсмертные крики и простых людей.

– В один миг Создатель оказался на Земле. Как только он появился, все уцелевшие Сверхи исчезли. Заметив исчезновение своих врагов, Оты бросились на поиски, но вдруг увидели силуэт человека. Голубой свет, исходящий от него, был настолько ярким, что даже Оты со своими сверхспособностями стали отворачиваться и закрывать глаза руками, а вскоре повалились вниз и примкнули лицами к земле, пряча глаза от ослепляющего света.

– Только Эрьгос, тяжело дыша после столь долгой и изнурительной битвы, смотрел прямо на силуэт. Он знал, кто это, и не стал убегать или скрываться. Творец, паря и не касаясь земли, приблизился к нему. Они зависли в воздухе друг напротив друга на расстоянии не более вытянутой руки, на высоте около метра. Их молчаливая дуэль глазами длилась довольно долго.

– Оба они были одинакового роста с атлетическими фигурами. От обоих исходил слепящий яркий свет, только у Эрьгоса, в отличие от Творца, он был желтого цвета. У обоих были длинные волосы и бороды: у Эрьгоса волосы свободно свисали вниз, тогда как у Творца они были собраны в пучок на затылке, а борода отличалась большей длинной и густотой.

– Господь ждал от своего любимца покаяния, но Эрьгос не раскаялся. Он смотрел гордо и с ухмылкой на Создателя. Вседержитель задумчиво опустил голову и долго оставался неподвижным.

– Эрьгос же через какое-то время стал медленно подниматься вверх. Это происходило не по его воле. Оставаясь в сознании, он был парализован и не мог даже пошевелиться. Какая-то невидимая сила очень плавно и медленно поднимала его вверх.

– У него сдавило дыхание. Попав в высшие слои атмосферы, он почувствовал холод, а когда достиг открытого космоса, его тело стало покрываться льдом. Через 6–7 минут полета лед на нем стал таять, и уже скоро Эрьгос почувствовал сильный жар, который с каждой секундой становился все сильнее.

– Невидимая сила продолжала нести его, и сопротивляться ей он не мог. Вскоре Эрьгос увидел, что его несет прямо к Солнцу. В его голове мелькнула мысль: «Вот какую учесть мне уготовил ты», и он громко засмеялся.

– Когда Эрьгос был доставлен почти в самый центр звезды, невидимая сила, сковавшая его, перестала действовать. Контроль над телом вновь вернулся к нему. С большим трудом он ненамного отлетел от солнечного ядра, но сила притяжения была очень велика и тянула его обратно. Ему требовалось задействовать все свои силы и мощь, чтобы преодолевать ее.

– Невыносимая жара мешала ему сконцентрироваться. У него не хватало сил, чтобы исчезнуть и переместиться в другое место. Он не мог сделать ничего, чтобы выбраться из солнечного пекла. Все его силы и сознание были направлены на борьбу с высокой температурой и гравитацией Солнца. Все его существо пыталось выжить в шеститысячной жаре, которая могла сжечь его в один миг.

– Уже через несколько минут пребывания в огненной печке, волосы его сотлели, а на голове и теле стали появляться страшные ожоги. Эрьгос стал сгорать заживо.

– Творец все это время продолжал стоять с опущенной головой. Некоторые из Отов стали молить о прощении, и Великий пощадил их. Остальные же разделили учесть Эрьгоса.

– После этого силуэт Создателя исчез. Как только это случилось, ось вращения Земли как у крутящегося волчка стала раскачиваться из стороны в сторону с большой амплитудой. Внезапные изменения наклона оси вызвали движения тектонических плит. Начались землетрясения, извержение вулканов и перемещение воды в океанах.

– Инерционные силы обрушили на сушу гигантские цунами. Это привело к огромным разрушениям. Большинство храмов Эрьгоса и усыпальниц были уничтожены. Под водой, в толщах льда и вулканической лаве были погребены целые города. Может быть, они и сейчас там, и уже долгое время хранят тайну страшного греха куньлуньшаньцев, отрекшихся от истинного Бога.

— Колебания земной оси постепенно стали тише, но ось вращения так и осталась под наклоном 23.5° к плоскости орбиты Земли вокруг Солнца. География нашей планеты потерпела изменения. Многие участки суши оказались на дне океана, тогда как ранее скрытые морской пучиной места стали обитаемы. Именно в то время началось великое переселение народов.

— Теперь солнечные лучи лишь скользят по поверхности полюсов, не принося тепла. Температура воздуха на Северном и Южном полюсах резко упала, и там, где раньше обитали Оты с одной стороны и атланты с другой, теперь царят льды и снега.

Часть 6 Повелительница потров

Глава 1 Жизнь потров в открытом космосе

Потры полетели к ближайшей экзопланете под названием Проксима Центавра Би, надеясь найти там такие же подходящие условия для жизни как на Земле. Но их надежды не оправдались. Данные об этой планете, полученные еще на Земле с помощью телескопов, не подтвердились. Полетев к следующей экзопланете, они и там не обнаружили того, чего искали.

Во время своих космических скитаний потры продолжали работать над поиском новых источников энергии. Через несколько сотен лет жизни в открытом космосе они обнаружили энергию Ра. Эта энергия была намного мощнее ядерной. С помощью разработанных технологий потры смогли извлекать эту энергию из звезд и хранить ее в специальных кораблях-танкерах. Звезда, из которой была извлечена вся энергия Ра, угасала, и потры перелетали к следующей.

Не все звезды были подходящими для извлечения этой энергии. При работе со сверхзвездами часто возникали взрывы, наносящие колоссальный ущерб технике и персоналу. В результате добыча энергии Ра стала проводиться только из звезд-карликов, что сделало процесс добычи более контролируемым. Наличие планет с твердой поверхностью, вращающихся вокруг малых звезд, помогало сократить расходы и ускорить работы.

Потры не обнаружили планет с такими же условиями как на Земле ни в одной из галактик, которые им довелось посетить. Поэтому их долгое пребывание вне земных условий сильно отразилось на Эльпах – они стали физически и умственно деградировать. Чтобы спасти свою элиту потры стали создавать искусственные планеты размером с Землю и выводить их на орбиту вокруг любой звезды-карлика, диаметр которой был таким же, как у Солнца. Благодаря четким расчетам температура, циркуляция воды, атмосферное давление, ландшафты и многое другое на планетах-спутниках не отличались от земных. Это помогло Эльпам выжить и продолжить свой род.

Когда потры покидали Землю, их население достигало ста миллиардов человек. После обнаружения энергии Ра и начала создания искусственных планет, количество потров продолжило увеличиваться в геометрической прогрессии.

Потров стало так много, что они постепенно заселили тысячи галактик, где почти вокруг каждой звезды-карлика вращались их искусственные планеты. Галактикам и искусственным планетам давали имена, как странам и городам, создавались звездные карты территорий, на которых жили Эльпы. Они ездили друг другу в гости и путешествовали. Иногда их туристические поездки длились несколько десятков лет.

Глава 2 Государственный переворот

Среди Неопотров была одна женщина, которую звали Жэдзала. Она никак не могла примириться с мыслью, что ее мозг скоро умрет, и она лишится способности чувствовать и наслаждаться жизнью.

Известно, что, еще пребывая на Земле многие Неопотры всячески пытались предотвратить старение и смерть мозга. Они разрабатывали технологии по выращиванию человеческих органов. Однако искусственно выращенный мозг во многом уступал живому. Их эксперименты с клонированием и мутациями хорошо помнит планета Земля, ведь динозавры родились именно в лабораториях Неопотров. Погибли эти гигантские рептилии только в конце эпохи потров из-за катаклизмов, вызванных этой цивилизацией.

Когда Жэдзала увидела, как элита стала возрождаться и жить еще лучше, чем когда-то на Земле, в ней зародилась зависть. Вскоре ее поглотила ненависть к эльпам, и она стала подстрекать других Неопотров к государственному перевороту.

Вместе они начали организовывать теракты на искусственных планетах. Инсценированные мощные взрывы выглядели как несчастные случаи, вызванные сбоями техники. В результате множество искусственных планет вместе с Эльпами было уничтожена.

Со временем Жэдзале удалось занять лидирующее положение в обществе потров и почти полностью подчинить себе Неопотров и Кейпов.

Выжившие Эльпы попытались восстановить прежний порядок. Они уговаривали Неопотров вернуться на их сторону, а Кейпам приказали не починяться Жэдзале, обвинив ее в преступлениях и объявив преступником.

Между сторонниками Эльпов и сторонниками Жэдзалы разгорелась война. Но среди Неопотров сторонников нового режима оказалось больше, и через несколько десятков лет все приверженцы старого порядка были уничтожены.

Подавив последние очаги сопротивления, Жэдзала провозгласила себя императрицей всех потров. Первым ее решением стала кровавая расправа над всей свергнутой элитой. Она проявила такую жестокость к Эльпам, что даже ее верные соратники-неопотры были потрясены.

Со временем естественный мозг Жэдзалы устарел и был заменен искусственным интеллектом. После этого она превратилась в маньяка, жаждущего бесконечного обогащения энергией и готового уничтожать всех, кто встает у нее на пути. Под ее влиянием Неопотры и Кейпы тоже стали одержимыми энерго-обогащением. Таким образом, единственной целью потров постепенно стало завладение безграничными ресурсами любых источников энергии.

С усовершенствованием технологий потры смогли извлекать энергию Ра даже из сверхзвезд. Они стали подобием космической саранчи. Перелетая от одной звезды к другой, они уничтожали целые галактики. Потры продолжали делать это невзирая на то, что им совсем не нужны были такие огромные запасы энергии.

Многие из тех звезд, которые мы видим в ночном небе, были уже давно уничтожены потрами, но их свет из далекого прошлого достигает нашей планеты только сейчас.

Часть 7 Дочь Эрьгоса

Глава 1 Отказ быть Сверхом

1.

Эн никогда не видела своих родителей. Мать умерла при родах, а об отце вообще ничего не было известно. Ее воспитывали дед с бабкой – родители матери. Они были куньлуньшаньцами, чудом уцелевшими в войне Отов со Сверхами и сумевшими пережить катаклизмы и наводнение, обрушившиеся на Землю после тех сражений.

Девочка была очень смышленой и сообразительной, и старики удивлялись ее непогодам житейской мудрости. Они разговаривали с внучкой как со взрослой и во многом даже ее слушались. Дедушка был почти слеп, и когда бабушка заболела и не могла вставать, семилетняя внучка стала для них единственной опорой и поддержкой.

От деда Эн узнала о когда-то великой цивилизации куньлуньшаньцев. Он рассказал ей об истории этого народа, их законах и образе жизни, поведал о том, как Эрьгос предал Бога и стал править на Земле. От него она также услышала об Отах, Эсохах и атлантах.

Дед никогда не говорил о матери девочки. Однако бабушка часто вспоминал свою дочь и часто говорила Эн: «Как ты на мать похожа! Такая же красивая как она». Из рассказов бабушки, Эн узнала, что ее мать рано выдали замуж за куньлуньшаньца, который позже примкнул к Эрьгосу. После свадьбы он увез ее к себе и запретил видеться с родителями. Но однажды, накануне окончания войны с Отами, мать вернулась в родной дом. Она была беременна и должна была скоро родить. Несчастная умерла прямо на глазах у своих родителей, принимавших у нее роды. Горе от утраты дочери сильно подорвало их здоровье, и внучка стала для них единственным утешением.

После того, как и бабушка, и дедушка умерли, Эн решила встать на Путь в Небо. О пути саморазвития и просветления ей поведал дед. Приняв такое решение, она стала вести жизнь отшельника где-то высоко в горах Куньлуньшань. Через несколько лет затворничества и аскетизма она полностью погрузилась в медитацию.

Во время прохождения Пути Эн была поражена, насколько быстро смогла завершить первые два этапа, ведь точно знала, что обычно на это требуется не менее 60 лет. «Каждый этап готовит человека физически и психологически к следующему. Чтобы достичь второго, а тем более третьего этапа, нужны годы ежедневных тренировок», – часто вспоминала Эн слова деда. Тогда она еще не могла знать, чья кровь течет в ее жилах.

Юная девушка ощущала в себе нечто особенное, что помогало ей с такой легкостью проходить все испытания. К моменту завершения третьего этапа Пути и становления Сверхом ей еще не исполнилось и двадцати лет.

2.

Когда Эн стала Сверхом, ей открылись все тайны мира. Она увидела процесс сотворение Вселенной, историю Земли на протяжении миллионов лет и многое другое, что скрыто под завесой тайны от обычных людей.

Узнав, что она является ребенком дьявола, Эн охватил ужас. Несчастная потеряла покой. Чувство вины за деяния отца сильно тяготило ее, и она стала ощущать, как ее жизненная энергия постепенно начала угасать. Сломленная и обессиленная она впала в транс и долгое время пребывала в небытии.

С большим трудом Эн сумела преодолеть себя и восстановить душевное равновесие. Она увидела свое предназначение в искуплении вины отца, принимая на себя страдания бездомных, калек и сирот и разделяя их судьбу. Так она решила вернуться в мир людей.

Спустившись на Землю, Эн заглушила в себе все сверхспособности. Единственное, от чего она не могла избавиться, было ясновидение. Во сне и наяву ее постоянно преследовали видения событий прошлого и порой туманного будущего.

Эн стала жить среди брошенных, отвергнутых и никому ненужных людей. Она добровольно стала одной из тех, кого старались не замечать и кого большинство, кому повезло в жизни, считали изгоями общества. Став опять обычным человеком, она провела в скитаниях и бродяжничестве много лет, пережив немало страданий и горя.

Приняв такую жизнь, Эн увидела, как много зла было в современном мире людей, и поняла, что причиной этого были они сами. Ее поражало, что они даже не осознают, насколько хрупок их мир, постоянно балансирующий на грани добра и зла.

Глава 2 Возвращение в Небо

Когда Эн в первый раз увидела Тима, она сразу поняла, что этот человек – ее суженый. Ее сердце откликнулось на его ухаживания. Вскоре они создали семью, а спустя годы в их доме зазвучал детский смех.

Эн была счастлива в браке. Но через несколько лет счастливой супружеской жизни ее стало мучить одно и тоже видение. В нем черное облако медленно двигалось по космосу, поглощая звезды и планеты на своем пути. Постепенно оно приближалось к Земле, и мрак окутывал все.

Со временем тревога и страх полностью овладели ей. Она все сильнее беспокоилась о будущем. Тягостные предчувствия о возможной потере мужа и детей не давали ей покоя.

Эн находила утешение только в молитве. Стоя на коленях перед образами святых разных вероисповеданий, она немного успокаивалась. Постепенно она стала все чаще и дольше медитировать. Однажды пребывая в трансе, ей представилось, как куньлуньшаньцы практикуют Путь в Небо. Она поняла, что только став опять сверхчеловеком, у нее появится хоть какая-то возможность защитить своих близких.

Долгое время она сомневалась и не решалась пройти весь Путь, чтобы вновь обрести сверхспособности. Однако, преодолев сомнения и страхи, она во второй раз в своей жизни ступила на Путь в Небо.

Никому ничего не объяснив и не сказав, Эн покинула дом и ушла жить в горы. В полном уединении она начала Путь, и благодаря своим генам завершила его всего за несколько лет. Пройдя все три этапа, Эн достигла уровня сверхчеловека и вернулась в Небо, чтобы вновь добросовестно служить Творцу, полностью посвятив себя Его Воле.

Глубоко в душе Эн хранила надежду, что ее сверхспособности помогут изменить судьбу и спасти семью — даже вопреки закону невмешательства в дела земные, без веления Творца.

Глава 3 Невосполнимая утрата

С того момента, как Эн снова стала Сверхом и вернулась в иное измерение, прошло несколько лет. Находясь в особой зоне космического пространства, она исполняла веления Бога и не могла знать, что происходило на Земле. Занятая небесными делами, она была полностью отрешена от реальности и часто пребывала в трансе.

Однажды во время медитации Эн вдруг услышала отчаянный крик Тима, доносящийся с Земли. Выйдя из транса, она увидела, как Яну и Яна окружают потры, а Тим из последних сил пробивается через толпу насекомообразных и пытается спасти двойняшек.

Не раздумывая, Эн устремилась к месту событий. Набирая скорость, ее тело превратилось в длинный фиолетовый лазерный луч диаметром около полуметра. Этот луч полетел вниз на Землю, прожигая насквозь полчища кораблей и черных воинов на своем пути.

Но, пока Эн ярким и мощным лучом спускалась на Землю, потры успели поразить малышей огнеметными залпами. Когда она достигла того места, было уже слишком поздно – перед ней лежали два безжизненных детских тела, почерневших от огня.

В тот день Тим, возвращаясь в убежище, где находились Ян и Яна, наткнулся на отряд потров. Он сразу же вступил в схватку и попытался увести врагов за собой подальше от укрытия детей.

Дети помнили строгий наказ Тима не покидать убежище ни при каких обстоятельствах. Но, услышав шум битвы и крик отца от полученного ранения, малыши, не выдержав, выбежали из укрытия.

Множество черных монстров тут же окружило малышей со всех сторон. От увиденного ужаса оба ребенка громко завизжали. Две сверхзвуковых волны, образованные их визгом, слились в одну и ударили в ближайших к ним потров. Сбитые ультразвуковой волной насекомообразные тут же поднялись и открыли по детям огонь.

Тим услышал визг своих двойняшек и попытался прорваться к ним. Он стал раскидывать врагов направо и налево, но пройти сквозь толпу разъяренных черных воинов ему так и не удалось. Ранение в плечо, полученное в начале боя, не давало ему хорошо двигаться и уклоняться от выстрелов. Очень скоро он почувствовал, что почти полностью обессилел. Потров же с каждой секундой становилось все больше.

Поняв, что не успеет добраться до малышей, Тим отчаянно прокричал ультразвуком: «Господи, спаси!» Затем, сделав короткую паузу, он бросился на врагов, крича изо всех сил: «Прошу, помоги!» Но, не успев увернуться от одного из лазерных выстрелов, Тим был сражен наповал. В том бою погибли и он, и двойняшки, приняв мученическую смерть.

Глава 4 Вступление на тропу войны

Произошло то, чего Эн боялась больше всего – она потеряла всю свою семью. Сначала она истерически завизжала, и ее ультразвуковой визг смел приближавшихся к ней потров словно ураган, но потом по ее щекам потекли слезы. Все вокруг нее стало расплывчатым и далеким, сознание затуманилось. Желание жить и бороться покинуло ее, и она приготовилась разделить судьбу своих любимых.

Когда Эн склонилась над телами детей и начала оплакивать их, вокруг нее вновь стали собираться потры. Поняв, что Эн больше не собирается атаковать, они решили взять ее в плен.

Но как только потры приблизились к ней в плотную, несколько серебристых лазерных лучей, каждый толщиной в полметра, внезапно обрушились сверху на черных солдат. С каждой секундой лучей с неба стало падать на насекомообразных воинов все больше и больше, и вскоре показалось, будто начался лазерный дождь.

В каждом луче можно было разглядеть человеческий силуэт. Это Сверхи услышав мольбу Тима, а потом, увидев, что происходит на Земле, решили вступиться за уцелевших людей.

Сверхи вступили в бой, появившись словно из ниоткуда и обрушились на врага лазерным лучом прямо из небытия, как это сделала Эн. Все они знали, что нарушают закон невмешательства в дела мирские без веления Бога, но любовь и сострадание к людям оказались сильнее строгих правил и запретов.

Увидев лазерный дождь, Эн воспряла духом. Она медленно вытерла слезы и, собрав всю свою волю в кулак, тоже приняла бой. Так Эн вступила на тропу войны и со временем возглавила Сверхов. Началась война Сверхов с потрами.

Часть 8 Подвиг куньлуньшаньцев

Глава 1 Внутри Солнца

За время очень долгого пребывания в Солнце тело и лицо Эрьгоса покрылось уродливыми ожогами. Из-за высокой температуры кожа местами слезла, открыв мышцы и сухожилия, а в некоторых местах плоть полностью стлела, обнажив кости. Его облик изменился до полной неузнаваемости.

Оставаться живым и не сгореть заживо требовало от Эрьгоса колоссальных усилий. Когда он ослабевал и на мгновенье терял сознание, его тут же начинало затягивать в самое пекло ядра. Жар неумолимо подбирался к нему и наносил тяжелые увечья. Боль заставляла его очнуться и отдалиться от солнечного центра на сколько позволяли силы.

Со временем Эрьгос привык к острой боли и научился впадать в транс. Во время медитации ему являлись видения. Как правило это были люди, убитые им или его свитой отступников. Он часто видел разоренные страны и разрушенные города, которые отказались признать его своим богом. Он слышал стоны и плач. В своих видениях он многократно становился свидетелем того, как люди умирали мученической смертью. Но чаще всего в своих грезах он видел Рокана, и его голос снова и снова звучал в ушах, умоляя Небо о помощи.

Находясь в пекле Солнца, Эрьгос прожил в мучениях не одну тысячу лет. Он потерял счет времени и был в полном неведении, сколько уже пребывал в заточении. Узник огненного шара не мог слышать и видеть, что происходит снаружи.

Эрьгос был в неведении, что рядом с ним в муках пребывали тысячи Отов, не раскаявшихся перед Богом и поэтому разделивших ту же участь. Так же, как и он, эти узники боролись с пеклом и пытались защитить себя от смерти. Многие из них были сломлены столь беспощадной пыткой и сгорели заживо. Но были среди них и те, кто обладал сильным духом, стойко перенося все страдания и муки. Каждого из них терзали видения о собственных злодеяниях, и каждому из них словно наяву являлись погубленные ими души.

Все узники Солнца, через телесные страдания, достигли духовного очищения. Не сломленные пытками, они обрели мудрость. Их деяния раскрылись перед ними в истинном свете, и они покаялись в своих грехах.

Когда-то возомнивший себя Богом Эрьгос тоже раскаялся и признал свою вину. Он стал просить прощения у Создателя, но тот оставался глух к его мольбам. Эрьгос знал, что ему не будет прощения, и смирился.

Глава 2 Видения в солнечном пекле

Однажды во время своего заточения Эрьгос вдруг почувствовал, что температура Солнца начинает падать. Он заметил, что ему стало гораздо легче справляться с жарой. Постепенно он смог фокусировать свое внимание не только на борьбе с гравитацией и испепеляющей жарой, но и на том, что происходило вокруг него.

Так он вскоре обнаружил, что множество Отов жарятся в Солнце, как и он сам. Они были разбросаны по всему солнечному пространству.

Когда Эрьгос своим сверхчеловеческим зрением стал всматриваться вдаль, он увидел ужасающую картину. Бесчисленное количество потров словно саранча оккупировали всю солнечную систему. На планетах с твердой поверхностью они установили мощные насосы и качали энергию Солнца. Карликовая звезда, сотни миллионов лет дарившая тепло всему живому на Земле, оказалась обречена на гибель.

Сама Земля тоже представляла собой жалкое зрелище. Лесов и рек на ней не осталось. Мировой океан сильно обмелел, открыв огромные территории скрытые под водой тысячи лет. На поверхности стали видны целые города, когда-то затопленные водой. Во многих местах проступали храмы в честь Эрьгоса. Когда-то очень давно в прошлом они чудом уцелели под тяжестью цунами и были погружены в морское царство.

Почти на всех материках простирались пустыни. Чудом уцелевшие люди прятались в пещерах или развалинах домов. Многих из выживших держали в концлагерях, где они подвергались жестоким пыткам.

Деяния потров напомнили Эрьгосу о своих грехах. Когда-то он сам был таким же невежественным, жестоким и возомнившим себя могущественнее Создателя. «Как Бог допустил такое? – недоумевал Эрьгос. – А мне до этого какое дело? Судьба людей – забота того, кто их создал».

Вдруг он услышал мольбу о помощи, доносящуюся с Земли. Голос был точно такой же, как у Рокана. «Опять это видение», –

с горечью подумал Эрьгос и уже было погрузился в размышления, как вдруг снова услышал тот голос. На этот раз ультразвуковое звучание слов на языке юэ, умоляющих о помощи, донеслось до него очень четко.

Эрьгос стал вслушиваться и всматриваться внимательнее, но мольбу о помощи больше не услышал. Вдруг он увидел, как из неоткуда в космосе появился длинный фиолетовый луч полуметрового диаметра и направился к Земле. Этот луч на своем пути насквозь прожигал боевые корабли потров и, достигнув Земли, вонзился в огромное скопления черных солдат. Многие из них были сразу смяты в лепешку, остальные валялись на земле: кто без головы, кто без ног, кто с прожженным насквозь туловищем.

В фиолетовом луче виднелся силуэт женщины, мужественно сражавшейся с бесчисленным полчищем врагов. Пытаясь понять, кто она, Эрьгос прислушался к биению ее сердца и содрогнулся. По ритму и тональности сердечных ударов он понял, что эта женщина – его дочь. Его дыхание и сердцебиение участились. Новость о том, что у него есть ребенок, ошеломила его. Стараясь успокоиться, он начал глубоко дышать и постепенно погрузился в воспоминания.

Где-то глубоко в памяти он увидел себя в образе Желтого императора, и как он позарился на жену одного из куньлуньшаньцев. Красота ее пленила Эрьгоса. Он приблизил к себе ее мужа и наделил сверхспособностями. Сделавшись могущественным Отом, тот куньлуньшанец бросил свою жену. Юная дева впала в отчаяние, а Эрьгос, воспользовавшись моментом, стал ее утешать и заботливо ухаживать. Тронутая его теплыми словами и вниманием девушка открыла ему свое сердце и поддалась искушению. Однако Эрьгос был не постоянен и вскоре тоже оставил ее. Когда началась война Отов со Сверхами, он уже окончательно забыл о ней.

Глава 3 Последняя битва Эн

Когда воспоминания исчезли, Эрьгос вновь стал следить за происходящим на Земле. Помимо фиолетового силуэта его дочери он теперь видел еще множество других светящихся серебристых фигур, участвующих в битве. Эрьгос узнал в них Сверхов. «Когда-то я был одним из них», – мелькнуло у него в голове.

Он всей душой стал поддерживать Сверхов, тяжело переживая каждую потерю среди них. Но было очевидно, что потров гораздо больше, и Сверхам не одолеть такую мощь. Видя, как убывают их ряды, Эрьгос захотел помочь им и попытался вылететь из пекла. Но сделать ему этого не удалось. Жара и сила притяжения были все еще велики. Ему ничего другого не оставалось, как только наблюдать.

Уже начался третий день сражения Сверхов с потрами, и все это время Эрьгос постоянно искал в битве свою дочь и подолгу наблюдал за ней. Она искусно разила своих врагов одного за другим, но было видно, что она уже сильно устала. Потров же, казалось, не становилось меньше.

Спустя еще несколько дней сражений Сверхи оказались полностью измотаны. Им был необходим отдых в нематериальном мире, но возможность переместиться туда и восстановить силы выпадала крайне редко. Как и в битве с Отами, многие из Сверхов, не заметив в пылу боя исчезновения своих сверхспособностей, погибали.

Эн, полностью поглощенная ожесточенной битвой, тоже не почувствовала, как ее сверхспособности начали угасать, и вскоре оказалась в ловушке. Это произошло, когда потры во время своей очередной атаки внезапно превратились в микрочастицы и, образовав сплошной плотный шар, окружили ее со всех сторон.

Эн попыталась телепортироваться в нематериальный мир, но ей это не удалось. Шар тем временем начал сжиматься. Эн, заточенная внутри, стала пробивать металл лазером и сверхультразвуком, но пространство внутри шара уменьшалось очень быстро, что не давало ей возможности даже сделать брешь.

Поняв свою безысходность, Эн стала кричать и взывать о помощи. Откликнувшиеся на ее зов Сверхи попытались разбить шар снаружи, но на них обрушился град атак и выстрелов, помешав им.

Шар все это время продолжал сжиматься. Вскоре крики внутри него затихли, и послышались мученические стоны. Когда шар уменьшился до размеров теннисного мяча, наступила мертвая тишина.

Эрьгос опустил голову. Он осознал, что только что стал свидетелем гибели своей дочери. Из его глаз текли слезы, но они тут же испарялись от чудовищного жара. Сердце его поглотили печаль и опустошение. Он не испытывал ни злости, ни ненависти. Ему стало все равно. Закрыв глаза, он добровольно перестал сопротивляться жару и силе притяжения.

Глава 4 Оты и их император вступают в бой

Через какое-то время сильная боль заставила Эрьгоса очнуться. Все его тело было окутано пламенем, и его медленно тянуло к центру солнечного ядра. Инстинктивно он стал сбивать огонь и попытался вылететь из пекла, но через мгновенье остановился. «Зачем?» – спросил он самого себя и уже хотел было снова закрыть глаза и поддаться гравитации, но вдруг услышал знакомые ему боевые кличи.

Оглянувшись по сторонам, он увидел, как Оты светло коричневыми лучами лазера полуметрового диаметра вылетают из Солнца и начинают атаковать корабли потров. На Земле и других планетах он заметил Отов, которые уже вырвались из заточения, и яростно бились с черными насекомообразными монстрами.

Они тоже услышали предсмертный крик раздавленной внутри металлического шара. По биению сердца мученицы они поняли, что она была дочерью их императора. Хотя они давно покаялись в своих грехах и смирились со своей судьбой, столь ужасная смерть Эн пробудила в них чувство несправедливости. Верные Эрьгосу до конца и разделившие его долю они устремились наказать убийц дочери своего предводителя.

Оты несмотря на то, что погибали только ради мести, вместе со Сверхами совершили не мало подвигов, спасая своих боевых товарищей и людей, попавших под огонь потров.

Куньлуньшаньцы оставались последней надеждой человечества на спасение, но с каждым погибшим Сверхом или Отом эта надежда убывала как песок сквозь пальцы. Постепенно становилось ясно, что их борьба против потров обречена на поражение.

Эрьгос слышал мольбу о помощи раненых Сверхов. Из-за нехватки сил они не могли перенестись в небытие, чтобы восстановить силы, и погибали. Некоторые из них на последнем издыхании успевали обратиться к Богу с молитвой, надеясь, что Он услышит и придет со спасением.

Мольба Сверхов напомнила Эрьгосу о гибели дочери. Он еще раз посмотрел на полчища потров, самоуверенно и безбоязненно уничтожающих верных ему Отов, и его глаза запылали ненавистью. Он ощутил, как злость, подобно долго спящему вулкану, начала пробуждаться внутри него, наполняя силой. Внезапно, он красным лазерным лучом вылетел из солнечного пекла.

Прожигая насквозь бесчисленные полчища кораблей, он за несколько минут долетел до того места, где погибла Эн. Приземлившись на груду тел, повергнутых ею, он на мгновенье замер, и его красный неподвижный силуэт стал выделяться на фоне всеобщего хауса сражения.

В этот момент по нему стали стрелять. Он быстро увернулся от выстрелов и издал такой ультразвуковой рев, что многие киборги в один миг превратились в дымящуюся пыль. Затем он снова стал красным лазерным лучом и влетел в насосную установку, с помощью которой потры выкачивали энергию Солнца. Когда он пронзил ее, вылетев с обратной стороны, установка взорвалась.

Взрывная волна уничтожила множество потров и вывела из строя их боевые машины. Тела киборгов, оказавшихся в зоне взрыва, лежали на земле как дохлые тараканы после яда. Над ними в воздухе застыли силуэты Отов и Сверхов, сумевших уклониться от взрывной волны. Они не поняли, почему станция взорвалась, и осматривались по сторонам.

Вдруг они заметили силуэт Эрьгоса. Он стоял и внимательно наблюдал за ними. Когда они поймали его взгляд, он поприветствовал их коротким кивком.

Внезапно над их головами стала сгущаться огромная черная туча потров, и Эрьгос, мгновенно превратившись в лазерный луч, влетел в нее и стал разить врагов. Вдохновленные Оты и Сверхи последовали его примеру, и битва разгорелась с новой силой.

В бою Эрьгос был хладнокровным и расчетливым. Его движения напоминали разъяренного льва, набросившегося на добычу.

Метая лазерные лучи из глаз и издавая сверхзвуковой рев, он уничтожал всех, кто пытался остановить его. Он был невероятно быстр, легко маневрировал и ловко уворачивался от выстрелов.

Внезапно исчезая и снова появляясь в другом месте, он обескураживал врагов, а затем молниеносно наносил сокрушительные удары, оставаясь при этом неуязвимым.

После вступления Эрьгоса в бой потры начали нести огромные потери. Это вынудило их перебросить все свои войска, ранее распределенные между Меркурием, Венерой, Землей и Марсом, к месту сражения.

У Земли скопилось так много кораблей и боевой техники, что они полностью перекрыли солнечный свет. Все утонуло во тьме. Лишь взрывы, выстрелы орудий, горящие боевые машины и корабли потров, а также свет, сходящий от сверхлюдей и их лазерные залпы, озаряли поле битвы.

Глава 5 Битва сверхмашины со сверхчеловеком

Шел шестой день с тех пор, как Оты присоединились к Сверхам в битве с потрами. Красный император, как и его боевые товарищи был уже сильно измотан. Его скорость и внимание заметно снизились.

Во время очередной атаки летающих потров, отражая выстрелы из лазерных пушек, он вдруг почувствовал резкую боль в спине. Удар был столь молниеносным, что Эрьгос не успел его заметить и защититься. Обернувшись назад, он увидел в метрах ста от себя парящий силуэт женщины.

Эта дева была совершенно обнажена. У нее были густые каштановые волосы, белая кожа, красивые черты лица и зеленые глаза. Ее атлетическая фигура сильно напоминала Отку: рост около 180 см и идеальные пропорции плеч и бедер.

Эрьгос сначала решил, что перед ним Женщина-Отка, но по биению ее сердца понял, что это киборг.

Это была Жэдзала – королева всех потров. Только у нее была привилегия обладать натуральной человеческой внешностью. Она так любила свое тело, что не хотела прятать его ни в скафандрах, ни в доспехах. По ее приказу учеными-потрами был создан уникальный материал, который внешне и по свойствам не отличался от человеческой кожи, но был невероятно прочным. Это давало ей возможность оставаться неуязвимой без какой-либо экипировки.

Жэдзала строго следила за тем, чтобы только ее тело было наделено свойствами, которые позволяли ей быть самым универсальным воином ее много триллионной орды. Она превосходила остальных потров и в скорости, и в мощи, и в разнообразии боевых способностей.

Тело королевы могло принимать любое состояние материи: твердое, жидкое и газообразное. Оно превращалось в лазер, огонь, электричество или магнитно-электрическую бурю, полностью управляемую ее сознанием. Такое тело стало вершиной научных достижений потров, позволяя машине ни в чем не уступать телу сверхчеловека.

На фоне ожесточенного сражения сверхлюдей с потрами между Эрьгосом и Жэдзалой завязался бой. Они стремительно полетели на встречу к друг другу, обмениваясь лазерными выстрелами, от которых оба ловко уклонялись. Когда они сблизились, началась рукопашная схватка, при этом их тела превращались то в огненные, то в газообразные, то в жидкие, то лазерные силуэты.

Казалось, они были зеркальными отражениями, потому что их движения и образы были удивительно схожи. Боевые приемы, которыми они пользовались, напоминали технику смешанного стиля, включавшего элементы кунг-фу, карате, тхэквондо, джиу-джитсу и бокса.

Они двигались так быстро, что простой человеческий глаз мог различить лишь две светящиеся фигуры, сталкивающиеся и отскакивающие друг от друга, как баскетбольные мячи.

Оба они были безупречны, и только благодаря хитрым маневрам и способности предугадывать действия Жэдзалы, Эрьгосу удавалось иногда наносить ей увечья. Однако любые повреждения тела Жэдзалы мгновенно восстанавливались сами собой.

Единственной слабостью этой совершенной машины оставалась потребность в энергии. Во время схватки в нее периодически влетали пузыри наполненные энергией Ра, которые поглощались ее телом, как сухая почва впитывает живительную влагу.

Битва сверхчеловека со сверхмашиной длилась очень долго. В ходе сражения Эрьгос осознал, что не сможет одолеть королеву, пока она получает энергию Ра. Маневрируя и уклоняясь, он стал незаметно смещаться в сторону большого корабля королевы, откуда вылетали энергетические пузыри, чтобы лишить Жэдзалу доступа энергии.

Жэдзала быстро разгадала его план и с помощью сигнального устройства, встроенного в ее мозг, приказала своим солдатам усилить оборону ее корабля. Основные силы потров немедленно начали стягиваться к тому месту.

Очень скоро огромное полчище потров, напоминающее пчелиный рой, собралось у королевского судна, окружив место сражения Эрьгоса и Жэдзалы. Тела потров трансформировались и соединились, образовав гигантский шар.

Постепенно шар стал уменьшаться в размерах, увеличивая плотность стенок, а пространство внутри него начало сжиматься.

Эрьгос и Жэдзала продолжали сражаться внутри шара. Внезапно Жэдзала отлетела к стене, и ее тело, превратившись в жидкий металл, слилось с шаром, став его частью. Эрьгос, оставшись внутри шара один, понял, что оказался в такой же ловушке, что и его дочь.

У него еще были силы и время телепортироваться и оказаться за пределами шара, но он решил раз и навсегда покончить с этими насекомообразными монстрами.

ЭПИЛОГ

Находясь внутри сжимающегося шара, светящаяся красным светом фигура Эрьгоса приняла позу лотоса. Он закрыл глаза и медленно на выдохе начал издавать негромкий певучий звук. Это была его молитва, обращенная к Богу с просьбой спасти всех оставшихся в живых людей.

Постепенно его тело стало накаляться и светиться все ярче. Когда жар достиг предела, Эрьгос открыл глаза и произнес: «Я готов, прими душу мою».

Сразу после этих слов его тело взорвалось. Мощь взрыва была столь велика, что вся шарообразная конструкция вокруг него, королевское судно и множество других космические кораблей потров мгновенно испарились, словно снег под палящим солнцем.

Ударная волна от его взрыва прокатилась по всем планетам Солнечной системы, уничтожив оставшиеся насосы на Меркурии, Венере и Марсе. Вслед за этим появился густой красный туман, который окутал все вокруг и еще долго оставался парить в космосе.

Эрьгос погиб, но большая часть войска потров была уничтожена. Оставшиеся Оты и Сверхи продолжили сражение и вскоре одолели последних потров. При этом было видно, как светло-коричневое силуэты Отов сначала поблекли, а затем начали излучать серебристый свет, подобный сиянию Сверхов. Закончив сражение, Оты и Сверхи вместе вознеслись в иной мир.

Благодаря подвигу куньлуньшаньцев на этой теперь почти не пригодной для обитания планете еще можно услышать биение человеческого сердца. История Земли продолжается, и в след за исчезнувшей эпохой цифровых технологий со временем наступит новая. Какой она будет? – Решать им, существам разумным.

Спасибо за чтение!

Я, Сема Шубекабу, выражаю искреннюю благодарность:

Моим родителям за любовь, поддержку и веру в меня.

Всем, кто помогал мне в создании этой книги: редакторам, дизайнерам, друзьям и вдохновителям.

Всем читателям, которые открывают эту историю и дают ей жизнь.

Без вашей поддержки и участия эта книга не стала бы возможной.

С уважением,
Сема Шубекабу